「痛くないんですか、これ」
「……痛いから、触らないで」
青澤かなた　あおさわ　かなた
学一年生。
リスからの帰国子女で、
は結衣の家に居候中。
の経験から恋愛に対して
病になっている。
JN166941
一ノ瀬結衣　いちのせ　ゆい
大学三年生。
かなたの先輩で同居人。
大学でも有名な女たらしで、
時々家に帰ってこない日も。
かなたには特別優しいようだが……？

contents

How about afternoon tea?

「……なんで、キスするんですか」
「かわいいなって思ったら、
キスしたくなるのって当たり前の感情じゃない？」

「デートとかで行かないんですか？　素敵な水族館、いっぱいあるのに」
「そもそも、デートする相手がいないもん」
「相手なんて、いっぱいいるじゃないですか」
「そんなことない。かなただけだよ、デートするのは」

アフタヌーンティーはいかがですか？

私と先輩《カノジョ》の、不純で一途なふたり暮らし

桃田ロウ

ファンタジア文庫

3847

口絵・本文イラスト　塩こうじ

アフタヌーンティーはいかがですか？
私と先輩《カノジョ》の、
不純で一途な
ふたり暮らし

大学一年生、春。

第1話　一ノ瀬結衣という人

部屋着のTシャツの襟元から覗《のぞ》く肩についた赤い傷痕は、白い肌に浮かび上がるようによく目立つ。

その傷痕が誰かの歯形だと、気付くのに数分かからなかった。

ソファの背もたれに身体《からだ》を預けて、大きなスクリーンに映る映画に夢中になっている結《ゆ》衣《い》さんに忍び寄って、ソファ越しにその傷を覗き込む。

うわあ、痛そう。昨日、彼女が家を出た時は、多分ついていなかった。だからこの傷はきっと、昨晩のものだ。だって結衣さん、昨日は帰ってこなかった。

『噛《か》みつきたくなるほど気持ちがいいセックス』って、どういう感じなんだろう。

誰かと彼女の夜を想像してみても、想像の域を出ない。でも、確かに昨夜、誰かが彼女の腕の中で、この白い肩に痕が残るほど強く歯を立てたのだという事実だけが、ここに残されている。

「痛くないんですか、これ」

「え？」

ちょん、と赤く腫れた傷痕を指先で突《つつ》くと、ぱっとその手で隠されてしまう。

「……痛いから、触らないで」

ちょっとだけ嫌そうに寄せられた眉。長い黒髪がさらりと肩から滑り落ちて、非難するように見つめてくるその端整な顔立ちを真《ま》っ直《す》ぐに見つめ返した。

「だってすごく腫れてるから。目立ちますよ、その傷」

「二、三日経《た》てば消えるでしょ」

「痛そう。よく怒りませんね？」

「血が出るほどじゃないし、いちいち怒ったりしないよ。でも、すごく痛かったから次はないかも」

そう言って彼女は悪戯《いたずら》に笑う。

結衣さんは女性で、女性が好きな、いわゆる同性愛者だ。でも、結衣さんに噛み付いたのであろう女性は、彼女の恋人ではない。

居候《いそうろう》生活を始めて、気付くまでに一ヶ月かからなかった。結衣さんが家に帰ってこない日は、いつもどこかの女性の家に転がり込んでいて、明け方に帰って来た時には、家を出た時はしていたはずの香水の匂いが消えている。

最初は、恋人がいるのかと思った。私が突然居候することになったせいで、家に彼氏を呼べないから外泊しているのだとばかり思っていた。同じ学部の交流会と称した飲み会で、彼女が女性とキスしているところを見るまでは。

同性愛者だということを隠していないことも原因の一つだけど、この一ノ瀬《いちのせ》結衣という人は、大学でも有名な女たらしの先輩だった。

「いつか刺されますよ、本当に」

「まぁまぁ、私の話はもういいじゃん。ほら、こっちにおいで。一緒に映画観《み》ようよ」

いつもこう。踏み入った話をしようとすると、うまい具合にはぐらかされる。

ちょいちょいと手招きされて、くるりとソファに回って結衣さんの隣に腰を下ろすと、さっとブランケットを膝にかけてくれるところが、やっぱり女慣れしてるなぁと思う。

コーヒーテーブルの上のリモコンを取って、結衣さんが映画を止める。

「あれ、映画観るんじゃなかったんですか？」

「うん、かなたが観たいの選んでいいよ。飲み物用意してくるから」

はい、とリモコンを渡される。途中だっただろうに、さして物語の続きを気にもせずに結衣さんは鼻歌を歌ってキッチンへ向かう。

家電屋さんに展示してあるような、本格的なサラウンドシステムとプロジェクターがこの家には備わっていて、そしてそれは、一人で暮らすにはあまりにも広く無機質なこの家の中で唯一、結衣さんの「好きなこと」を感じられる存在だ。

結衣さんが映画好き、ということは彼女について知っている数少ないことの中の一つだ。その他に彼女について知っていることは本当に少ない。

同じ大学の三年生。だから年齢は二つ上。左利《ひだりき》き。紅茶よりコーヒーが好きで、好きなお酒はハイボール。料理はしないけど家事はできるし、家はさっぱりとしていて無駄なものは一切ない。

結衣さんが都内のこんな立派な平屋の一戸建てで一人暮らしをしているのは、彼女が日本でも有数の、大企業の創業家一族のお嬢様だからだ。

結衣さんのお父さんは現社長で、驚くことに私の父の大学時代の友人でもある。そんな縁があって、今回の居候の話に繋《つな》がったわけなんだけど。

思いつくことをぱっと並べてみても、私は彼女のことを、まだこれっぽっちしか知らない。

コト、と目の前のテーブルに置かれたホットミルクに、はっとして現実に引き戻される。

「はい、どうぞ」

「ありがとうございます」

マグカップに口をつけると、はちみつのほのかな香りと甘みが広がる。居候したての頃、家族がいるイギリスから進学のために単身帰国した私に、結衣さんは毎晩ホットミルクを作ってくれた。

最初は頼れる優しいお姉さんって感じだったのにな。同性愛者で、その上恋愛観がぶっ壊れてる人だったなんて、正直、思いもしなかった。そう思いながら横目で結衣さんを見る。

「観たいの、決まった？」

「……この、犬のやつ」

薄暗い室内のスクリーンに映る犬を指差す。結衣さんはこういうの、好きじゃないかもしれないと思ったけど。

居候生活が始まってから、この人が、どれだけ女性に甘いのか身に染《し》みて理解してきた。多少のわがままは、いつも聞いてくれる。

「犬好きなの？　いいよ、今日はこれにしよ」

結衣さんがリモコンを受け取って、再生ボタンを押した。それと同時に、ブランケットを少しだけ引っ張って肩までかける。

「どしたの、寒い？」

そんな私に気付いて、結衣さんが私の肩を抱き寄せた。密着したところから伝わる体温が心地いい。人肌の温《ぬく》もりは、寂しさを払拭《ふっしょく》してくれる。相手が恋人だったらきっと、もっともっと優しいんだろうな、と思う。

曰《いわ》く「恋人は作らない主義」の、本人にその気がないだけで。もったいない。これだけ綺麗《きれい》な人だから、相手が尽きないのは当たり前だけど。彼女にとって、一人に絞る方が「もったいない」のだろうか。女性に恋する気持ちは、私にはわからない。想像したこともないし。

肩を抱き寄せたその手が、優しく私の髪を撫《な》でて、毛先で遊んでいる。多分、こういうのを自然に誰にでもやるから、色んな女性が引っかかるんだろうと思う。

「……結衣さんって、こんなに不誠実な人なのに、どうしてモテるんですか？」

少し棘《とげ》のある言い方でそう聞けば、あはは、と結衣さんが笑った。本当は、この人がモテる理由なんて、私はとっくに気付いている。私が、どうしたって一途《いちず》になれないこの人を、責めたくて責めたくて仕方ないだけだ。

「さあ、どこがいいんだろうね？」

責めるように言ったのに、それをさして気にもとめずにニコニコと笑うから、わからなくなる。

そういうのって普通なの？　付き合ってもいないのに、夜を共にするとか、そういうの。大学生ってそういうもの？

「かなたは、恋人いるの？」

今更の質問で、驚いて結衣さんを見る。私は居候を始めてから、外泊したことなんてただの一度もない。気付いているはずだと思っていた。

「いません。生活を見ていたら、わかるじゃないですか……」

「そうなんだ。甘え上手だから、いるのかと思った。遠距離なのかなーって」

「……あっちではいましたけど、浮気《うわき》された挙句に、フラれたので」

今思い出しても、心臓のあたりがチクチクと軋《きし》むように痛む。未練なんて一切ないけれど、かなり心を抉《えぐ》るような深い傷を、彼にはもらった。

その出来事が、日本の大学を選んだきっかけの一つだったりするんだけど、今はまだ、このことを誰かに愚痴る勇気はない。

「浮気？　別れて正解じゃん」

「浮気性の結衣さんがそれを言います？」

思わず笑って指摘する。それこそ結衣さんだって、色んな女性と関係を持っているくせに。

「私の場合は、浮気とは言わないでしょ。彼女いないし」

「違いがわからないです。一途に、真っ直ぐに、一人だけを愛し続けることができる人って、この世界にはいないんですかね?」

今日は、ほのぼのとした動物映画にして良かった。ささくれ立った心を癒《いや》してくれる。

犬はいいよね、真っ直ぐに飼い主を愛してくれる。こんな一途な愛が欲しいと思うのは、私が欲張りだからだろうか。別に、犬みたいな恋人が欲しいってわけじゃないけど。

「かなたはかわいいから、恋人なんてすぐできそうだけど」

「かわいいなんて、思ってないくせに……。私のことは、タイプじゃないんでしょ」

「……そんなこと言ったっけ?」

「それに近いこと、言われました。同居したての頃」

結衣さんが同性愛者だと知って狼狽《うろた》えてしまった私に、結衣さんが、申し訳なさそうに、眉尻を下げて諭すように言ったことを今も覚えている。

『女性だったら誰彼構わず手を出すってわけじゃないから、安心して。黙っててごめんね』

私を安心させるために言ってくれたんだとは思うけれど、それはつまり私のことは対象外だという意味でもある。

私は同性愛者じゃないし、大学在学中は結衣さんの家に居候することが決まっているんだから、そういうのはない方がいい。そうは思うけど、でもなんか……あんまり、いい気はしない。

「同居したての頃か。かなた、人馴《ひとな》れしてない猫みたいだったよね」

突拍子もないことを言われて、頭の上にクエスチョンマークが浮かぶ。

「猫？」

「二ヶ月経ってやっと、触るの許してくれたでしょ？　最初、警戒しまくってたじゃん」

「……別に、今は寒いから、くっついているだけです」

「じゃあもっとエアコンの温度上げる？」

黒い瞳にじっと見つめられて、なんと答えていいかわからずに視線が泳ぐ。離れたらいいのはわかっている。でも、この体温を手放したくないと思っている自分も確かにいる。わかっているくせに。ホームシックになっていて、寂しいって。

「……結衣さんって、意地悪ですね」

「そう？」

「自覚ないのって一番最悪です……」

「ごめんごめん。冗談だよ。かなたが懐《なつ》いてくれたのが、嬉《うれ》しいの」

喉のあたりをくすぐられて、からかわれていると知ってその手を引き剝がして睨《にら》みつけると、結衣さんが笑った。

雲のように摑《つか》みどころがない人。ふわふわしてて、気付いたらどこかに行ってしまいそう。

でも、甘くてほっとするホットミルクにすっかり絆《ほだ》されて、触れる肩に寄りかかってしまうくらいには、今の私は、こんな夜を結構気に入っていたりする。

そんなささやかなリラックスタイムを遮るように突然、コーヒーテーブルの上に置かれていた結衣さんのスマホが鳴った。見知らぬ女性の名前が、ディスプレイに浮かんでいる。

結衣さんはチラリとそれに視線を向けて、すぐに消音ボタンをタップした。

「いいんですか？　出なくて」

「んー、うん。今はいいかな。後で気が向いたら折り返す」

興味なさそうにそう言ってスマホをひっくり返すから、なんだか面白くなくて、さっきの仕返しも兼ねて少しだけ、意地悪したくなる。

「もしかして、結衣さんに嚙《か》み付《つ》いた人？」

「さあ、忘れちゃった」

嘘《うそ》つき、と肩に回っているその手をぎゅっとつねる。

五月の夜。親元を離れて不安だらけの大学生活の始まり。優しくて、意地悪で、嘘つきな結衣さんとの出会いが、その全ての始まりだった。

◇◇◇

「ねえかなた、どっちがいいかな」

レースのカーテン越しに春の陽が差し込む朝。トーストに齧《かぶ》り付きながら、声の方に視線を向けた。それぞれ違うデザインのピアスを眼前に差し出されて、それを交互に見つめる。

「んー、右ですかね、青いの、かわいいです」

「じゃあ、こっちにしよ」

いつもは一緒に朝食を取るのに、今日は何か用事があるらしい。出かける支度はほぼ済んでいるようだ。結衣さんが用意してくれた朝食を取りながら、彼女を目だけで追う。

「今日、早いですね」

「父親に呼ばれてるんだよね。始業前に来いって言うから」

「会社に行くんですか？」

「うん。寄ってから大学に行って……、夜は、食事会があるから遅くなる」

時計のベルトを手首に通しながら、小さくため息をついて言うから首を傾《かし》げる。珍しく、ちょっと嫌そうに見えた。

サラダの中の半分にカットされたミニトマトにフォークを突き刺す。私だったら、面倒がって切らずに丸ごと入れちゃうんだけど、結衣さんって、普段は料理しないはずなのに、こういうところに手間を惜しまず、きっちりしてる。

「食事会って……」

そこまで聞きかけて、あ、踏み込みすぎたかもなんて思う。その証拠に、結衣さんの黒い瞳とばっちり視線が合ってしまった。

「父親と、会社の人だよ」

「……まだ、何も聞いてないです」

思考を先読みされたみたいで、居心地が悪い。結衣さんは、大学を卒業したら当然、お父さんが経営している会社に入社するのだろう。だから、会社の人との食事会が学生の内から頻繁にあるのかもしれない。

「男の人だから、安心して」

私の椅子の背もたれに手を置いて顔を覗《のぞ》き込んだ結衣さんが、からかうように笑うから、ムッとして彼女の肩を押し返す。

「別に、そういうことが聞きたかったわけじゃないです……」

「なんだ、嫉妬してくれてるのかと思ったのに。残念」

残念、なんて思ってもないくせに、よくもこうすらすらと軽口を叩《たた》けるものだと感心する。

「私も今日、バイトがあるので、遅くなります」

「そうなんだ。何時まで？」

「閉店までなので、九時です」

「じゃあ、同じぐらいの時間帯かも。早く終わったら、迎えに行くね」

上着を羽織った結衣さんは今日も完璧で、文句のつけどころがない。

「朝ご飯、ご馳走《ちそう》様でした。気をつけて」

「ん、行ってきます」

結衣さんを見送った後、トーストの最後のひとかけらを口の中に放り込んで、食器を持って立ち上がる。結衣さんが使った食器はすでに水切りカゴの上にあった。一緒に洗おうと思ったのに。スポンジに洗剤を染《し》み込《こ》ませて、泡立てる。

「……食器くらい、洗わせてくれてもいいのに」

家主のいないリビングで呟《つぶや》く。大抵のことは一人でなんでもこなすから、本当に隙のない人だ。

恋愛面で色々と問題がある人なのは確かだけど、居候《いそうろう》させてもらって、結果的にはすごくよかったと思っている。

行ってきます、いってらっしゃいを言える人がそばにいるのは安心感がある。同居人が同性愛者だからって、別に、何も変わらない。だって、そもそも私のことは「対象外」なのだから。

濯《すす》いだ泡が排水口に吸い込まれていく。女性として不完全な自分を、見抜かれているような気がした。

◇◇◇

大学生になったら、やりたかったことがある。アルバイト。なんとなく、バイトするなら喫茶店がいいと思った。

アフタヌーンティーが好きだ。角砂糖を二つ落とした甘めのミルクティーと、それを引き立てるお菓子が大好き。

イギリスに住んでいたたったの数年間で染みついた習慣だけど、帰国してからも馴染《なじ》んだ習慣は消えてくれない。

大学の近くにあるレトロでこぢんまりした喫茶店で、何気なく頼んだミルクティーが美味《おい》しかったから、マスターにアルバイト募集のチラシを指差して尋ねたら、あっさり採用してくれたのが、ここで働くことになったきっかけ。

この店はマスターの趣味の水槽が至る所に飾られていて、夜は店内の照明を落としてアクアリウムにスポットを当てている。雰囲気がいいこの店を、私はとても気に入っていた。

約束通り、食事会を終えたらしい結衣さんは、私の退勤三十分前に現れた。カウンター席に通して、黒い表紙のメニュー表を手渡す。

「何飲みますか？」

「おすすめは？」

「ブレンドですかね。マスターのオリジナルで、評判いいんですよ。結衣さん、コーヒー好きだから、きっと気に入ると思います」

「じゃ、それで」

「かしこまりました」

閉店間際《まぎわ》でもお客さんはちらほらいるけれど、ずっとゆったり流れている店内ＢＧＭが会話を掻《か》き消《け》してくれる。

席に座った結衣さんがにこにこと私を見つめているから、少しだけ緊張する。

マスターに何度も特訓させられて、今や特技になりつつあるハンドドリップ。お客さんに出すことを許されるまで二週間かかった。

「どうぞ」

「ありがとう」

今日の食事会はどうだったんですか、って、聞いてもいいのかな。私が選んだ青いピアスがさらさらの黒髪の隙間から覗いて揺れて、正面からじーっと見つめると、なあに、と優しく尋ねられる。

「……あの、お味はどうですか？」

聞きたいことと全然違う言葉が口から滑り落ちた。そんなことを心配しているわけではないのに、どうしてか、ここで聞いたら負けな気がして。

「うん、美味しいよ」

彼女なら、きっと口に合わなくても、笑ってそう言ってくれると思ったけれど。

それから閉店までの三十分なんて、あっという間だった。閉店業務をさっさと終わらせて、更衣室に慌てて駆け込む。いくら春先だといっても夜は冷えるし、結衣さんを店の前のベンチで待たせているから、早くしないと。

急いでエプロンを外していると、後ろから、ねえ、と声をかけられて振り返った。黒いエプロンをした人影が視界に入って、すぐに、同じシフトに入ってる天崎《あまさき》さんだとわかった。ひとまとめにした茶髪をうざったそうに解《ほど》きながら、猫みたいに丸い瞳で私を捉える。

「青澤さんがさっき話してた人って、友達？」

「友達っていうか、大学の先輩ですけど……」

「へえ！　青澤さんと同じ大学なんだぁ、ってことは、頭いいんだね」

天崎さんが二つ隣のロッカーを開ける。彼女は私とは違う大学だけど、同い年の大学一年生だ。本当は気付いていた。さっきも、テーブルを拭きながら、天崎さんが結衣さんを見ていたこと。

嫌な予感というのは大抵当たる。彼女が結衣さんを見つめる瞳に浮かぶ、憧れ以外の感情を掬《すく》い取《と》ってしまって、ちょっと複雑だった。

話をこれ以上広げても碌《ろく》なことにならないと踏んで、腕時計を確かめるふりをしつつ、バッグを摑んでロッカーを閉める。乱暴に閉めたせいで、鍵につけたキーホルダーがガシャリと嫌な音を立てた。

「ね、さっきの先輩、今度紹介してよ」

ほらきた。ふぅ、と気付かれないように小さく息を吐く。大学で結衣さんの家に居候していると知れた時も、こんな風に何人かにパイプになってくれと言われたことがある。バカ正直に結衣さんに伝えても、答えはいつだってノーだった。結衣さんは、面倒なことを嫌うから。

「天崎さんって、女性が好きなんですか？」

「えっ？」

まんまるの瞳が揺れた。驚いたところを見ると、予想外の質問だったのか。

「いや、そういうわけじゃないけど……」

そういうわけじゃないなら、やめた方がいいですよ。あの人に関わったら、きっとヤケドじゃ済まないから。そう忠告できたらいいけど、いくら結衣さんが隠していないとはいえ、勝手に他人《ひと》のセクシュアリティを誰かにバラらすのは、ルール違反だ。

「そうですか。多分、また来る機会あると思うので、仲良くなりたいなら、直接話しかけた方がいいと思いますよ。紹介とか好む人じゃないので。それじゃ、お疲れ様でした」

下手に紹介なんかして、遊ばれてフラれたって泣きつかれるのはごめんだし。一息に言い切って、逃げるように店の裏口から出た。

表に回ると、入り口のベンチに足を組んで座っている結衣さんの姿を見つける。

「お待たせしてすみません」

「ううん、じゃあ帰ろっか」

外は、やっぱり少し肌寒かった。待たせてしまって悪いなと思っていたら、立ち上がった結衣さんがじっと私を見つめる。

私より目線が高い彼女を見つめ返すと、優しく微笑《ほほえ》まれてどうしたらいいかわからなくなる。

「さっきもずっと思ってたけど、ポニーテール、かわいいね」

慌てて来たから、バイト中は結い上げている髪を解くのを忘れていた。少し高めに結んだ髪をそっと撫《な》でられて、胸の奥がむずむずする。

「……酔ってます？」

「お酒飲んでないよ」

この人は、女の子が喜ぶ言葉をよく理解している。その気がなくてもヘラヘラと誰にでもそういうことを言う人だ。

いつもは一人で歩く夜道を二人並んで歩く。春の夜風はまだまだ冷たく感じて、コートの襟をぎゅっと寄せた。

「車で迎えに来られなくて、ごめんね」

「……いいです、そこまでしてくれなくても」

来てくれただけで、十分です。そう喉の奥まで出かかった言葉を、懸命に飲み込む。

そんなことを言ったらどうせまたからかわれるに決まっている。最近私は、やっと結衣さんがどういう人なのか、わかってきた。

「食事会って……毎月あるんですか？」

「んー、そうだね。だいたい月一くらいかな。こういう機会でもないと、父親と顔合わせたりしないしね」

大企業の社長だし、それもそうか。ましてや一緒に暮らしているわけでもないから、食事会は大切な場なのかもしれない。そう考えながらも、私は今朝、結衣さんが少し嫌そうにしていたことを思い出していた。

「結衣さんって、お兄さんいましたよね？　ほら、車譲ってくれたって言ってたじゃないですか」

「うん、いるよ。でも、雪にぃはお父さんと仲悪いからなぁ。一緒に食事はしないね。独立しちゃったし」

雪にぃ、と呼んでいるだけあって、お兄さんとの仲は悪くないんだろう。何せ結衣さんが乗っている今の車は、お兄さんのお下がりだっていうし。最初はびっくりしたけど。だって大学生が、黒くてピカピカの高級車に乗ってるんだもん。

「かなたは、弟がいるんだっけ」

「はい。中学三年生です」

「なんか、お姉ちゃんって感じしないよね、かなたって」

「結衣さんの方こそ、妹って感じしないですよ。なんでもできるし、しっかりしてるし、お姉さんって感じ」

「そうかな？」

駅までの距離が縮まっていく。結衣さんの家までは、二駅だ。

人には二面性があって当たり前だと思う。関係性によって見せる顔が違うのは別におかしいことじゃない。そう思うのに、知れば知るほどますます気になる。こんなに優しい人がなぜ、恋人を作らないのか、という疑問が湧いてくる。

何か、理由があるんじゃないか。

電車に揺られ他愛のない話をしながら、整ったその横顔を見つめる。

シミ一つない白い肌。くっきりした目鼻立ち。長いまつ毛。身長も高くて手足もすらっとしてる。加えておしゃれだし、容姿は非の打ち所がない。女癖の悪さを除けば、優しくて気遣いができて、素敵な人だと思う。

「なぁに。そんなにじーっと見つめられると照れちゃうよ」

「……綺麗《きれい》な顔だなと思って」

あ、思わず口をついて本音が出た。結衣さんが驚いたように少しだけ目を見開く。変なの。そんな言葉、言われ慣れているくせに。

「そう？　ありがとう」

「……私の他に、もう一人スタッフの子、居たじゃないですか。結衣さんのこと紹介してくれって、さっき、更衣室で」

車内アナウンスが流れる。最寄り駅まで、もう直《す》ぐだ。

「ふーん……。それで、なんて言ったの？」

「仲良くなりたいなら自分から話しかけてくださいって。だって、後から遊ばれたってクレーム受けても困るから……」

結衣さんがおかしそうに笑う。電車のドアが開くと、降りよ、と私の手を取って引いた。

「さすがにかなたの友達には手を出さないよ」

握られた手が温かくて、振り解く理由もないから、そのまま歩き出す。

「いくらかわいくて、魅力的でも？」

「その子のこと、口説いて欲しいの？」

「そういう意味じゃないです」

「じゃあいいじゃん？」

「……結衣さんが女性を口説く基準って、よくわかんない」

「んー、知りたい？」

振り返った結衣さんが、悪戯《いたずら》に笑う。頷《うなず》くと、繋《つな》いだ手をきゅっと引かれて、距離が縮まった。耳元に寄せられる唇。

「……この子はセックスする時どんな顔するんだろ、って知りたくなったらかな」

吐息がかかるくらいの距離で、誰にも聞こえないほど小さな声で囁《ささや》かれて、慌てて繋いでいた手を振り解いて、その肩を強く押し返した。頬が一気に熱くなる。何言ってるの、この人。

「……結衣さんの、すけべ」

「今更じゃん？　自分から聞いてきたくせに～」

おかしそうに笑う結衣さんに、またからかわれたのだと気付いて、ムッとして結衣さんを置いて、改札へと歩き出す。

「待ってよ、かなた」

「もう、知らない」

真剣に考えて損した。多分、この人あんまり何も考えてない。

次に結衣さんを紹介してって言われたら、チャットアプリのアカウントから電話番号まで全部流出させてやる。そう固く胸に誓って、改札に定期を叩《たた》きつけた。

第2話　結衣さんが、悪い

　分厚い灰色の雲から、ポツポツと雨粒が降り注いでコンクリートにシミを作る。今日は雨が降ると天気予報でも言っていたはずなのに、間抜けにも傘を持たずに出かけてしまった。

　あとは家に帰るだけなのだけど、キャンパス内のコンビニで傘を買うか迷って、結局、図書館で時間を潰すことにした。

　買っても良いんだけど、モノが少ない結衣さんの家に、何本も傘を置いておくのはあまり気乗りがしない。予報では一時間で雨は止《や》むと言っているし。

　さてどうしようかと広い館内を歩いていると、机に向かう見知った姿を見つけた。ピンクアッシュの、ゆる巻の長い髪。あの人、前に、会ったことがある。彼女がぱっと顔を上げた瞬間、垂れ気味なその瞳とばっちり目が合ってしまった。

「あ」

　確か、彼女の名前は、中原律さん。結衣さんのお友達。前に、友人だと紹介してもらったことを覚えている。

「かなたちゃん、久しぶり。何してるの?」

「こんにちは」

イヤホンを外して笑った律さんは、どうやら勉強していたようで机の上には分厚い本がいくつも重なっていた。派手な見た目とのギャップがすごい。結衣さんなんて、勉強してるとこ見たことないのに。

「傘を忘れちゃったので、雨が止むまで時間を潰そうかと思って」

「そうなんだ。結衣に迎えに来てもらったらいいのに。今日大学来てないし、家にいるんじゃないの?」

さっと隣の椅子を引いて、座ることを促してくれたのでそれに甘えて隣に腰を下ろす。

「昨日、結衣さん帰ってこなかったので、家にいるかどうか」

昨晩、飲みに行ってくると言ったきり、朝も帰ってこなかった。どこで何をしているのかなんて聞けるような関係でもないから、いつだって私は彼女を黙って送り出して、その帰りを待っている。

「あいつも好きよねぇ。またどっかの女の家に転がり込んでんでしょ、どーせ」

「……結衣さんの女癖の悪さって、昔からなんですか?」

「大学より前は知らないけど、少なくとも一年の時からあんな感じ。無駄に顔がいいから、モテるのよ。やってることは結構なクズなんだけどね。かなたちゃん、あんな性欲まみれの野蛮人と一緒に暮らしてて大丈夫？　何かされてない？」

思わず笑ってしまった。あの結衣さんをここまで悪意を持って評することができる関係性が少しだけ羨ましい。私はまだ到底踏み込む勇気がなかった。

誰と、どこで、何しているのか、なんて聞くのも、怖い。

「私は大丈夫です。結衣さんのタイプじゃないらしいので」

「へー……。結衣がそう言ったの？」

興味深そうに顔を覗《のぞ》き込んでくる、優しい垂れ目。焦げ茶色の瞳の中に、悪戯な色が見え隠れしている。そうです、と素直に頷くと、律さんは面白そうにニッと白い歯を見せて笑った。

「ふーん。まあ、そういうことにしとこっか」

「律さんは知ってるんですか？　結衣さんの好みのタイプ」

「かわいくて、めんどくさくない子、でしょ」

曰《いわ》く、飲みの席で結衣さんが好みのタイプを聞かれた時に必ずそう答える、らしい。

なるほど、先手を打てば確かに「面倒な子」は寄ってこないかもしれない。遊びの関係しか受け付けませんって言っているようなものだ。

「かなたちゃんは、今恋人いないの？」

「いませんね……」

「作る気もない感じ？」

「よく言われるんですけど、そういう風に見えますか？」

そんなに恋愛に興味がないように見えるのだろうか。だとすれば、半分正解で、半分ハズレだ。過去の恋愛を引きずっている、というわけではないけれど、消極的であるということは確かだ。

「だって、かわいいから彼氏なんてすぐできそうに見えるけど」

「いい人ができたらいいなぁとは思ってますけど……出会いもないし」

「そう？　それなら、連絡先教えて。飲み会とか色んな集まり誘うから。友達連れてきてもいいし」

「私まだ、二十歳になってないんですけど……」

「オレンジジュースでいいのよ。声かける時は、ちゃんと保護者にも許可取るから、ね？」

保護者、とは結衣さんのことだろうか。今は積極的に出会いを求めたいと思っていないけれど、確かに色んな出会いがあった方が大学生活は楽しくなりそうだ。

　律さんは結衣さんのお友達だから安心できるし。求められるまま、連絡先を交換する。

チャットアプリにかわいらしいアイコンが一つ増えた。高校の友人が日本にいない私は、一から人間関係を構築しないといけないから、チャンスがあるなら大事にしたいと思っている。

　律さんと他愛の無い話をしている間に、天気予報の通り、気付けばすっかり雨は止んでいた。もう少し勉強していくから、なんて見かけによらず律さんは真面目な大学生活を送っているらしい。結衣さんよりも律さんの方が目指すべき大学生の姿って感じがする……。


　駅前のケーキ屋さんに寄り、アフタヌーンティーにぴったりのフルーツタルトを二つ買って帰ると、まだ結衣さんは帰っていないみたいで、静まり返った室内は、朝私が家を出た時のままだった。

　ケトルでお湯を沸かしながらティーポットを用意していると、玄関からゴソゴソと音がする。いいタイミングで結衣さんが帰ってきた。せっかく二つ買ったタルトが無駄にならずに済みそうだ。

「ただいま」

お帰りなさい、と振り向く。昨日と同じパーカーを着ているのに、毛先を緩く巻いていたはずの長い黒髪がストレートに戻っている。私の視線には気付かないまま、結衣さんは被《かぶ》っていた黒いキャップを、ぽいとラックに引っ掛けた。メイクはしているけど昨日と雰囲気が違う。やっぱりどこかで入浴してきている。

ペタペタとスリッパの音がして、私に近づいた結衣さんからいつもとは違う香水の、強い香りがした。驚いて、バッと勢いよく振り向く。

「えっ、なに？」

「結衣さん、香水変えましたか？」

「いや、今日はしてないんだけど……んー？」

香りの出所を確かめようと近づく。胸元に顔を近づけると、甘ったるく強い香りが鼻についた。まるで自分のものだとマーキングするような、欲の乗った女性の香り。

「……結衣さん、服、香水かけられてません？」

「え、嘘《うそ》、全然気付かなかった。鼻が麻痺《まひ》してんのかな」

この香りを纏《まと》った女性と一晩一緒にいたら、そりゃあ匂いなんてわからなくなるだろうなと思う。このパーカー高かったのに、なんて言いながら肩を落とす結衣さんに、ため息が出そうになる。

「……結衣さんって、一体何人セフレいるんですか？」

「え？」

恨めしい気持ちで彼女を見上げると、結衣さんは拍子抜けするくらい目を丸くしてきょとんとする。

「セフレを作ってるつもりはないんだけど……」

「うわ、自覚ない感じですか……」

「だってこういうめんどくさいの、好きじゃないし」

香水をかけられたであろう胸元を引っ張って心底嫌そうな顔をしているところを見ると、結衣さんの思考パターンが読めてきた。

その日だけの関係を結ぶのがよくて、特定の人を作るのは嫌だと。それがセフレであっても結衣さんにとっては「めんどくさい」の枠に入るのか。

それじゃあ絶対、恋人なんてできるわけないような……。うん、考えるのはやめよう、理解できるわけがない。

「……アフタヌーンティー、結衣さんも如何《いかが》ですか？　タルト、駅前で買ってきたんですけど」

見上げて尋ねると、不機嫌そうだった結衣さんの顔がぱっと明るくなる。せっせとコーヒーテーブルにタルトを用意して、並べた二つのティーカップ。結衣さんがコーヒー派だっていうのは知ってるけど、アフタヌーンティーには絶対ミルクティーが合うと思ってる。

ソファに二人並んでタルトを頬張りながら、隣の結衣さんに視線を向けた。

「あの、答えたくなかったら答えなくていいんですけど、結衣さんって、性的欲求はあるけど恋愛感情がないタイプの人なんですか？」

結衣さんが同性愛者だと知った日、今まで気に留めたこともなかった人のセクシュアリティについて、慌てて調べた。異性愛者、同性愛者、両性愛者、その他にも色々あるらしい。他者に恋愛感情を抱かない性っていうのもあって……。

「いや？　普通に女の子に恋するけど……」

「えっ……恋、するんですか？」

あっさりと否定されて驚いた。お世辞にも結衣さんの素行は恋愛をしているようには見えないのだけど。

タルトを口に運びながら、結衣さんが不満げに目を細める。

「かなたは一体私のこと、なんだと思ってるわけ？」

性欲まみれの野蛮人。

律さんの言葉が一瞬過《よぎ》ったけどぐっと飲み込む。別に喧嘩《けんか》をしたいわけではなくて、ただ結衣さんのことが知りたいだけだ。

「恋愛する気はないから、私のことを好きな子とは関係を持たないようにしてるだけだよ。どうせ、気持ちに応えてあげられないし」

「恋愛する気ないのに、セックスはしたいんですか？」

「かなたは素敵な異性がいたら、そういうことしたいとか思ったことない？」

質問を跳ね返されて、うっと答えにつまる。素敵な異性と、そういうこと、したいと思ったこと……。

「……ない、ですね。恋人だったら、求められたら応じる必要があるとは思いますけど。でも、自分からしたいと思ったことはないです」

過去の恋愛を思い出してみる。正直、セックスに関してはいい思い出はない。

「……かなたこそ、恋人欲しいとか思ってないでしょ」

今日、それを言われたのは二回目だ。私はよっぽど恋愛に無関心に見えるらしい。

「そんなことないです。寂しいって思う時、ありますよ。誰かに抱きしめて欲しいって、思うことだって……」

「そういう時、どうするの？」

どうするって言われても。相手がいないのにどうすることもできない。結衣さんみたいに不特定多数と関係を持ちたいとも思えない。デメリットが大きすぎる。

「どうもしないです。ただ、寂しいだけなので」

「ふーん……。じゃあ、そういう時は、私が抱きしめてあげる」

ぐっと腕を引かれたと思ったら、気付いたら彼女の腕の中にスッポリと収まっていた。

……違う女性の香水を纏った身体《からだ》で、躊躇《ためら》いなく他の女性を抱きしめるなんて、罪な人。

抱き寄せる腕も、柔らかな身体も、紛れもなく女性のものなのに、なぜだろう。心地よく感じる。

この鼻につく、香りを除けば。

「結衣さん、私……この匂い、好きじゃないです」

そう言って肩を押し返す。緩んだ腕の中で見上げれば、結衣さんは笑ってパーカーの裾を摑《つか》んで一息に捲《まく》り上《あ》げた。

「よいしょ」

呆気《あっけ》にとられていると、ばさっとパーカーをソファの下に放り投げて、Tシャツ一枚になった結衣さんの腕が私の身体をぐいっと引き寄せる。スローモーションみたいにゆっくりと、距離が縮まった。

白い胸元に、一粒ダイヤのネックレスが揺れる。

抱き寄せられて、ぴったりと身体が密着しただけで、水の中にいるみたいに呼吸が苦しくなった。

「これでいい？」

「……そのパーカー、高かったんじゃないんですか？」

躊躇いもなく足元に放り投げたパーカーに視線を向ける。可哀想《かわいそう》に、香水をかけられたり、放り投げられたり、今日の一番の被害者はこの子かもしれない。

「だって、嫌なんでしょ？」

「……結衣さんって、誰にでもこういうことするんですか」

「しないよ」

「嘘つき」

「本当だよ。かなただけ、特別だよ」

耳元から脳に響く悪魔の囁《ささや》き。何も知らなければ、これは絶対に騙《だま》される。私のこと、タイプじゃないらしいこの人は、一体どんなつもりでこんなことしているんだろう。もう、よくわかんない。目を瞑《つぶ》って、身体の力を抜いてみる。

結衣さんと暮らし始めて、初めて知った自分の一面。こんな風に甘やかされるのは、嫌いじゃない。

キュッとTシャツの袖を握ってみる。とんとんと背中を撫《な》でられて、あぁ、心地いいなと思った。

結衣さんが私に触れる時、びっくりするほど欲を感じない。触れたところから伝わるのは優しさだけで、そこに下心なんてないのは明白だ。

それを喜んでいいのか、悲しんだ方がいいのか、まだわからない。

魅力が、ないのかもしれない。だって、私をかわいいかわいいと言ってくれていた彼だって、最後は私から離れていった。私は女性として不完全だから。ちゃんと上手にセックス、できないから。

「……結衣さん」

「ん？」

「今日、律さんに会ったんですけど、今度集まりに誘うから来てって」

「えっ」

胸元にぴったりと耳を当てているからか、少しだけ響く結衣さんの柔らかい声がこわばった気がした。

「……やめた方がいいですか？」

「うーん、ちょっと心配だな……」

「心配？」

「行ってもいいけど、絶対にお酒は飲まないこと。悪い人もいるからね。約束できる？」

「悪い人って、結衣さんみたいな人？」

「そうだよ、お持ち帰りされちゃったら大変でしょ」

「ふふ……自分が悪い人って自覚あるんですね」

　優しく頭を撫でられて、少しだけくすぐったくて目を瞑った。この砂糖みたいに甘ったるい優しさに溶けてしまいそう。

　だって結衣さんは、私がして欲しいことや、欲しい言葉を、まるで全て最初から知ってたみたいに、くれるから。

　こんなに優しくされてしまったら。こんなに甘やかされてしまったら。ダメになってしまいそう。

　知りたくなかった。自分のことなのに、今までずっと、気付けなかった。弟もいるし、お姉ちゃんだし、しっかりしないといけないってずっとずっと思って生きてきたのに。

　生まれて初めて自分の「甘やかされたい」って欲求を、自覚してしまった。

　それもこれも全部、結衣さんが、悪い。

第3話　私とセックスしてみる？

目の前を行く、広く大きな背中を見つめる。シンプルなTシャツとジーンズを着た彼が、私を振り返ってパンダを見に行こうと嬉《うれ》しそうに笑う。眩《まぶ》しいほどの笑顔を私に向ける彼とは対照的に、私の心はこの曇り空のように重くどんよりとしていた。

愛想笑《あいそわら》いを浮かべつつ、他愛無い相槌《あいづち》を繰り返して、その後ろをついて歩く。なんでこんなことになったんだっけ、とさっきからずっとやるせない。

早川くんには悪いけど、今日は本当に乗り気じゃなかった。予報通り、早く雨が降ればいいのに。

深く息を吸い込む。それと同時に嗅ぎ慣れた甘い香りがして、あぁ、結衣さんの匂いだ、と思った。

でも、彼女が今ここにいるわけじゃない。これは結衣さんの、香水の匂いだ。土曜の昼下がり。本当だったら紅茶を楽しんでいるはずの時間帯。なのに私は今、バイト先の同僚と、なぜか二人で動物園に来ている。

そもそもどうしてこうなったのかというと……事件は、一昨日《おととい》の夜に遡る。

◇◇◇

「あのさ……青澤って、動物好き？」

閉店間際《まぎわ》の喫茶店。最近よくシフトが被《かぶ》る早川くんから突拍子もない質問が飛んできて、切り取られたように時間が止まった。え、動物が、好きか？　それは今聞く必要がある質問なのだろうか。動物って、一口に言っても色んな種類があるわけで。犬が好きでも鳥はだめとか、言い出したらキリがないと思うのだけど。

「好き、ですね。犬とかは」

何か話がしたくて声をかけてきたんだろうし、手持ち無沙汰にソーサーを布巾で拭いながら適当に返事をする。最後のお客さんを見送ったばかりで、あとはお店を閉めるだけだけど、閉店まであと十分はある。

生返事をしたのにも拘《かか》わらず、早川くんはカウンターの向こうから身を乗り出すように手をついた。

「動物好きなんだ、よかった……」

いや、だから犬は好きだけど、動物全般が好きかと言われたら違う。それに何がよかったんだろう。不思議に思って、首を傾《かし》げる。

「青澤、さっき土曜日予定ないって言ってたよね」

「え？」

「チケット二枚あるんだけど、一緒に行かない？　動物園」

突然のことで目を見開く。確かにさっき、土曜の予定を聞かれた。でもその時は、バイトのシフトを変わって欲しいとか、そういう類いの確認だと思ったのに。……嘘《うそ》でも、何かあると言えばよかった。期待のこもった瞳に見つめられて、息を呑《の》む。

動物を好きだと言ってしまった手前、ここで断ったらあなたとは行きたくないです、と言っているようなものだ。それは避けたい。このお店を気に入っているから、人間関係にヒビが入るようなことはしたくなかった。

渋々頷《うなず》いた私に、早川くんは嬉しそうに微笑《ほほえ》んだ。それが、木曜の夜のこと。

朝、確認した予報によると、今日の天気は、夕方から雨だった。

珍しく土曜に出かける準備をしている私に気付いたらしい結衣さんが、キッチンでコーヒーを淹《い》れながら不思議そうに私を見るから、なんだかとても気まずい。別に聞かれてまずいこと、しようとしてるわけじゃないのに。

「かなた。今日、バイト先の人と、動物園に行くことになって……」

「いえ、バイトって言ってたっけ」

「動物園？　ふーん……。デート？」

「違います、デートじゃないです。チケットがあるからって、誘われただけで……」

食い気味に否定すると、結衣さんが目を細めて微笑んだ。ちょいちょいと手招きされる。

「かなた、こっちに来て」

「……なんですか。もう行かないと、遅れちゃうんですけど」

「いいから」

結衣さんの目の前まで歩み寄ると、真《ま》っ直《す》ぐに手が伸びてくる。え、なに、と思った瞬間、首筋に押し付けられた手首が、ぐいっと擦《こす》るような動きをした。

甘い。結衣さんの匂いがする。香水をつけられたのだと気付いて見上げると、結衣さんはにっこり微笑んだ。困惑する。なんで急にこんなことするんだろう。

「あの……結衣さん？」

「デートがうまく行くおまじない。楽しんできてね」

「……だから、違うって言ってるのに」

遅れちゃう、と慌てて出かけるふりをして、傘を持たずに家を出た。今日は雨が降るって、もちろん知っていたけれど。

◇◇◇

動物園を後にした頃にはもう夕方になっていて、どうやら今日の天気予報は外れたらしいということを知る。

行列に並んで一瞬だけ見られたパンダは想像していたよりもずっとかわいかったし、小学生ぶりの動物園は、思っていたよりは素直に楽しめたような気もしている。

「パンダかわいかったね。この後、どうする？　カフェでも行く？」

動物園に行く約束はしたけれど、カフェに行くとは言ってない。目的は果たした。今日の私は本当によく頑張った。わざとらしいかもしれないけど、今にも雨が降り出しそうな空を見上げる。

「傘を忘れちゃったので、本降りになる前にもう帰りますね。今日はありがとうございました」

本音を言えば、なんとなく早川くんが私とどうなりたいのか、何を期待しているのか、最初から気付いていた。でも、私はせっかく居心地のいいバイト先を見つけたのに、変な人間関係のせいで居づらくなるのは嫌だと思っている。

「……そっか、わかった」

しょんぼりと肩を落とした早川くんには悪いけど、これで気付いてくれるといいな、なんて思いながら踵《きびす》を返《かえ》そうとしたら、腕を摑《つか》まれて止められた。節くれだった、男性の手だった。

「青澤、家まで送らせてよ。せっかく今日、付き合ってくれたんだし」

「そこまでしてくれなくていいですよ、私も今日、楽しかったので」

別に悪いことばかりじゃなかったとは思ってる。早川くんのこと、嫌いなわけじゃないし……。

「それじゃ俺の気が済まないから、頼むよ」

この時、頼み込んでくる彼に折れて、家までなら近いしと、了承したのがよくなかった。

ずっと待《ま》ち侘《わ》びていたはずの本降りの雨になったのは、家まであと数十メートルの距離に差し掛かった時だった。慌てて家まで走ったものの、家に着いた頃には二人ともすっかり雨に濡《ぬ》れていた。

「え、青澤んち、ここなの……？」

「正確には、私が居候《いそうろう》している先輩の家です。ごめんなさい。タオルと傘貸しますので、ちょっと待っててもらえますか」

「ええ……すげえ、ガレージまである……」

ぽかんとしている早川くんを差し置いて、インターフォンを押す。少し経《た》ったあと、がちゃりとドアが開いた。

「おかえり、鍵忘れたの……って、どしたの？　びしょ濡れじゃん」

ドアを開けてくれた結衣さんは、いきなりの土砂降りで濡れ鼠《ねずみ》になった私を見て、目を丸くする。

「傘、忘れちゃって……。すみません、早川くんにタオル貸してあげたいんですけど」

「は、初めまして、早川永太です……」

「あー、初めまして。タオル、ちょっと待ってて」

あっさりとした挨拶もそこそこに、結衣さんは二枚タオルを持ってきてくれて、一枚を早川くんに差し出した。

「早川くんだっけ、家どこなの？　雨降ってるし、車で送っていこうか」

「えっ？　い、いえ、大丈夫です。電車で帰れますんで」

心なしか頬を赤く染めて、首を振る彼に思わず苦笑いする。

「そう？　じゃあ傘貸すよ。後でかなたに返してくれればいいから」

気にも留めずにそう言って、結衣さんは躊躇《ためら》いなく傘立てに二本しかないうちの自分の傘を早川くんに手渡した。

「結衣さん、いいですよ、私のを貸しますから」

「え、かなたが貸すの？　このピンクの傘？」

そう言われて、うっと言葉を飲む。男性が持つには少し……というよりかなりかわいらしいデザインのそれ。

「……ごめんなさい、次のバイトの時に傘、持ってきてもらっていいですか？」

「あ、うん、わかった。すみません、傘まで借りちゃって……。青澤、それじゃ……今日はありがとう。また」

「はい。送ってくれてありがとうございました」

早川くんを見送って玄関のドアを閉めると、どっと疲れが増した気がして、ため息をついた。雨に濡れて肌に張り付くブラウスが気持ち悪いし、寒い。早く帰るための言い訳にするつもりだったけど、さすがにここまで降られたのは予想外だった。

「……かなた、大丈夫？　ずぶ濡れじゃん」

分厚いタオルで結衣さんにわしゃわしゃと髪の毛を拭かれて、犬になった気分。

「……結衣さんって」

「ん？」

「男の人にも優しいんですね、ちょっと意外でした」

てっきり、優しいのは女性限定だと思ってた。まさか送っていこうか、なんて言うと思ってなかったから、少しだけびっくりした。

「それ、偏見。女性が好きだからって別に男の人が嫌いなわけじゃないよ」

そりゃそうか、と思う。異性愛者だって、同性が嫌いだから異性が好きなわけじゃないし、当たり前のことなのに、自分の浅はかさを反省する。

「そうですよね、すみません」

「そんなことより、風邪引いちゃうからお風呂《ふろ》入ってきたら？　さっきタオル取りに行く時、お湯溜《た》めてきたから」

「……ありがとうございます」

身体《からだ》の芯まで冷え切っていて寒気がしていたから結衣さんの気遣いが本当にありがたい。

玄関に上がろうとしたところで、結衣さんの手が私に伸びた。

黒いマニキュアが乗った指先が、私のブラウスの襟元に触れた。ボタンを外されて外気に晒《さら》される首筋。最初は、何が起こってるのか、わからなかった。

「……ちょっ、結衣さん⁉」

「え？」

指先がボタンの二つ目を外したところで、慌てて胸元をぎゅっと寄せて、結衣さんから距離を取る。きょとんとして私を見る結衣さんを、信じられないという目で睨《にら》みつけた。

「な、なんで脱がすんですか……？」

「え、あ、ごめん。濡れてて寒そうだったから、つい……」

つい？　何それ。普通、許可も得ずに女性の服を脱がしたりする？　呆《あき》れて見上げると、結衣さんが苦笑いした。本当に無意識だったらしい。女性の服を脱がすことに全く抵抗がないんだろうか、この人は。ムッとして結衣さんの肩を押し退《の》けて、濡れた靴下のままずかずかと家に上がる。

「ごめん、怒んないで」

「私がお風呂入ってる間、廊下、結衣さんが拭いてくださいね」

「わざとじゃないよ、本当に」

「結衣さんの、バカ」

無意識だから頭にくるんですよ、と言いたい気持ちを堪《こら》えて、無視して浴室に逃げ込んだ。冷え切った身体が、ぶるりと震える。

そっと首筋に触れてみる。雨で流れ落ちてしまったのか甘い香りはもう消えていて、今はそれが少しだけ、名残惜しい。結衣さんに、そんなつもりはないとわかってる。

早川くんといた時は一度もトクリともしなかった心臓が、今は困惑するほどにドクドクと音を立てている。

「……なんで……」

鼓動は一向に大人しくなってくれない。名前もつけられない感情に押しつぶされそうで、思わずしゃがみ込んで、膝を抱えた。

◇◇◇

土砂降りの雨に打たれて、身体を冷やしたのが多分、よくなかった。悪い予感はしていた。背筋がゾクゾクするような悪寒《おかん》が、入浴してからも続いていたから。気のせいだと思いたかったけど、時間が経つにつれて増す身体の違和感。ついに私は、ベッドから動けなくなった。

「三十八度……」

体温計を受け取った結衣さんが、形の良《い》い眉を寄せる。ベッドサイドに立ち尽くす彼女

の、何か言いたげな視線から逃げるように、ぐいと布団《ふとん》を口元まで被《かぶ》る。

「……かなた、夕飯食べてないでしょ。何食べたい？　買ってくるよ」

「いいです、食欲ない……」

「少しでも食べなきゃだめだよ。夜になったらもっと熱上がるかもしれないし、そうなったら解熱剤《げねつざい》飲まなきゃ」

頭上から降ってくる声は思っていたよりも優しい。結衣さんがそっとベッドに腰を下ろして、私の顔を覗《のぞ》き込んでくる。心配そうな視線にホッとする。よかった、怒られるかと思って、構えてしまった。

「……何なら食べられる？　お粥《かゆ》？」

「お粥きらい、味しないから……」

「じゃあ、雑炊は？」

「ん、それなら……」

「わかった」

それだけ言って、結衣さんは立ち上がってしまう。ぎしりとベッドのスプリングが鳴いた。

「……結衣さん……」

思わず名前を呼んだ声は自分でもびっくりするくらい弱々しくて、ドアノブに手をかけた彼女が振り返る。

さみしい、なんて視線だけで伝わるわけないのに。なぜか期待してしまう。心細いなんて言えない私の強がりに、いつだって気付いてくれるような気がして。

「……すぐ戻るから、大丈夫だよ」

私がこくりと頷《うなず》いたのを確認して、パタンと静かに閉められたドア。カチカチと壁掛け時計の音だけが室内に鳴り響いている。もう二ヶ月も暮らしているいつもの自分の部屋のはずなのに、どこか、物寂しく感じる。

熱に浮かされてぼうっとする思考回路であれこれと考える。結衣さんと暮らし始めてから、風邪を引いたのは初めてだ。お互い部屋は別々だから、気をつけていれば風邪を移す心配はないとは思うけど、今日は土曜日で、明日《あした》も病院は閉まっている。

いつもだったら夕飯を食べてるような時間帯なのに、お腹《なか》は空《す》いているんだか空いてないんだか、わからない。

結衣さんが戻ってくるまでの数十分は、本当に長く感じた。

「かなた、入るよ?」

ドアが開いた音と共に、音の方に向き直る。日本人っていうのは不思議なもので、鰹《かつお》出汁《だし》のいい香りを感知した瞬間、減ってないはずのお腹がきゅうと鳴った。美味《おい》しそうないい匂いがする。

ヘッドボードを背もたれにして起き上がると、結衣さんがサイドテーブルにお盆を置いてベッドに腰掛けた。美味しそうな卵雑炊。レトルトなんかじゃないってことは一目見てすぐにわかった。

「……結衣さんって、料理できたんですね……」

正直、びっくりした。夕飯は外食やデリバリーが多いから、自炊するイメージなんてほとんどなかった。

「やらないだけで、できないとは言ってないでしょ」

あっさりと言ってのける結衣さんはさして気にもせず、レンゲで雑炊を掬《すく》って私の口元へ寄せてくれる。

「はい、口開けて」

「いただきます……」

口の中に広がる出汁の風味に、美味しい、と思った。食べさせてもらうのは少しだけ恥ずかしいけど、熱でぼーっとしているせいか夢の中にいるみたいで、促されるまま大人しくもぐもぐと口を動かす。

「美味しい……」

「そう？ よかった。残してもいいからね」

結衣さんの家には、確かに自炊しない割には調理器具が揃いすぎているような気がしていたけど。

「結衣さんって、普段料理しないのに……なんで、料理できるんですか……？」

　女の子の家に遊びに行ったりしてる時に、作ってあげたりするんだろうか。そういう姿もなんだか想像できると思った。でも、表情一つ変えずに結衣さんが放った言葉は、全く想像とは違っていた。

「シングルファザーの家庭で育ったから、家のことはある程度、自分でできるんだよね。お父さんも忙しくて、子供の頃からほとんど家にいなかったし」

　そういえば、お父さんの話、お兄さんの話は聞いたことあるけど、お母さんの話は、結衣さんから聞いたことがないと気付く。

「子供の頃、風邪引いた時に、お父さんがお粥作ってくれたことがあったんだけど……びっくりするくらいマズくて。それ以来、自分のことは自分でやろうって決めたんだ」

　結衣さんがおかしそうに笑うから、釣られて笑う。日本を代表する大企業の社長が、子供を前にして懸命に看病しようとする様を想像して、笑みが溢《あふ》れる。お父さんは忙しくて家にあまりいなかったのかもしれない。でも、結衣さんが、愛されて育ったんだなということだけはわかる。そうじゃなかったら、こんなに優しい人にはならないだろうから。

食欲がないと言っておきながら、結局、作ってもらった雑炊は見事に平らげた。布団を肩まですっぽりと掛け直してくれて、ベッドサイドのランプをつけるとシーリングライトを消した結衣さんに、私は慌てて手を伸ばす。

持ち上げた腕はいつもよりも重かったけど、立ち上がろうとした結衣さんの部屋着のTシャツに辛《かろ》うじて、指先が引っかかった。

「……もう、行っちゃうんですか」

結衣さんが何度か瞬《まばた》きをする。驚いているんだろうけど、そんなの、構っていられなかった。

「食器、下げてくるだけだよ」

「やだ、そんなのあとでいい。ただ、ここにいて」

振り絞るように伝える。ここにいて欲しかった。理由なんてわからない。捨てられた子猫のような気持ちだった。この部屋に一人でいるのはあまりにも心細すぎる。

結衣さんはふっと笑って、もう一度ベッドの上に腰を下ろした。ほら、やっぱり。こうしてお願いすれば、たいていのわがままは笑って聞いてくれる。手を握って欲しくて差し出すと、意を汲《く》んでくれた結衣さんの指先が、私の指先にそっと絡《から》んだ。

「結衣さん、眠るまで、ずっと、手、繋《つな》いでて」

「……いいよ」

この人はきっと、誰にでも優しい。私にだけじゃない。そんなことはわかってる。わかっているのに、一度この優しさを知ってしまったら、気付いた時にはもう戻れないところまで来てしまっていた。ずるずると本性を引《ひ》き摺《ず》り出《だ》されるみたいに、唇からこぼれ落ちていくのは甘えた言葉ばかり。

「熱、出すと、いつも、怖い夢見るんです……」

「……ずぶ濡《ぬ》れで帰ってくるから風邪引くんだよ。今日、雨降るって天気予報で言ってたでしょ？　呼んでくれたら、迎えに行ったのに」

「だって、早川くんが、送っていくって、言うから」

「押しに弱いよね、かなたは。ちょっと心配になっちゃう」

「そんなことないです……」

「デートの帰りに、家まで送らせて……一人暮らしだったら、あのまま家に上がられてもおかしくなかったよ」

そう追い討ちをかけられて、確かにそうかも、と思い至る。バイト先での勤務態度を知っているから、気が抜けていたところがあったのは否《いな》めない。

「デートじゃないんです……ほんとに……」

「ふーん……」

デートじゃない。それは本当。だって、手一つ繋いでないんだから。一緒に動物園に行って、パンダを見ただけ。ただそれだけだ。特別なことなんて何一つなかったし、そんなものあっても困る。

唯一、雨のせいで結衣さんの傘を彼に貸してしまったことは誤算だった。次に繋がる何かしらのきっかけが生まれてしまったことを私はよく思ってなかった。でも、返してもらわないと。結衣さんの、傘。

絡み合った指に視線を向ける。マットな単色の黒いマニキュア。切り揃えられた、短い爪。ささくれ一つない、手入れが行き届いている指先。繋いでいるのは紛れもない女性の手なのに、とくとくと心臓が音を立てるのは、なぜなんだろう。

やっぱり思っていたより疲れていたらしい。体調不良も相まって、目を瞑《つぶ》ると、とろとろと眠気がやってくる。繋いだ手をギュッと抱き込むように胸元に寄せる。もういいや、このまま寝てしまおう。この手があればきっと、怖い夢は見ない。

「……おやすみ、かなた」

私の名前を呼ぶ柔らかい声が聞こえる。おやすみなさい、と返す間もなく、ベッドに沈み込んでいくように、気付けば眠りに落ちていた。

◇◇◇

人間の本性は、弱った時や追い詰められた時に出るというけど、それは本当だと思う。

昨晩、熱のせいでとんでもないことを口走っていた気がする。

朝、目が覚めた時にはもう結衣さんはそばにいなくて、熱はすっかり平熱に戻っていた。あれだけ熱を出したせいで、身体《からだ》は寝汗でべとべとで、すっきりさせたくて、シャワーを浴びにバスルームへ向かう。

結衣さんは、まだ起きていないようだった。昨晩のことを思い返すと、ちょっとどころか、かなり気まずい。

水栓を捻《ひね》って、熱いシャワーを頭から浴びる。そろそろ結衣さんが起きてくる時間だ。言い訳を考えないと、何か言い訳を……。

そんなことを考えてたら、浴室のドアがコンコンとノックされたのに気付いて、心臓がギュッとなる。結衣さんが起きた。顔を洗いに来たに違いない。水栓をきゅっと捻って水を止め振り返ると、磨《す》りガラス越しに結衣さんのシルエットが見えた。

「風邪引いてるのに、朝からシャワー浴びてるの？」

呆《あき》れたように言うけど、汗で気持ち悪かったんだから仕方ない。

「熱、下がったので、もう、大丈夫です」

浴室に響く自分の声は、やけに弱々しい。昨晩のことを負い目に感じているから尚更《なおさら》だ。ありがとうございましたとごめんなさいを言わなきゃいけないのに、気恥ずかしくて言葉に詰まる。

「そっか、それならいいけど」

もう一度、水栓を捻る。シャワーを浴び終わったら、顔を見てちゃんと感謝を伝えよう。そしてできれば、昨日の夜の失態を、どうか忘れてくれますように……。

浴室を出て、タオルで髪の水気を切っていると、あることに気付いた。ない。ドライヤーが、いつもあるところにない。この家には私と結衣さんしかいないんだから、悪戯《いたずら》をするとすれば、犯人は一人しかいない。

「……もー、結衣さんってば……」

昨日、わがままを言いすぎて怒っちゃったのかな。もしかしてその仕返し？　不安になりながらも、肩にバスタオルをかけて、リビングに向かう。

「結衣さん、あの、ドライヤー……」

そこまで言うと、ソファに座っていた結衣さんが、私に気付いてちょいちょいと手招きした。反対の手には私が捜していたドライヤーを持っている。

「おいで、髪乾かしてあげる」

「えっ？」

昨晩のこと、怒っているわけじゃないのかな？　恐る恐る歩み寄ると、ソファをぽんぽんと叩《たた》くから、促されるまま腰を下ろす。

「あの、結衣さん……」

「後ろ向いて」

昨晩のことを話題に出せないまま、言われるがままに後ろを向いた。キュポンと何かのキャップを取った音がする。

「ヘアオイル、私のでいい？　嫌いな匂いじゃなければ」

そう言って、少しだけオイルをつけた手のひらが後ろから伸びてくる。甘く優しい香り。あ、これ、香水に混じってする結衣さんの髪の匂いだ。いい匂い、といつも思っていた。

「嫌じゃないです」

「よかった。じゃあつけるね」

オイルを馴染《なじ》ませた手が、優しく髪を梳《す》いていく。ここまでしてくれるの、となんだかくすぐったい気持ちになる。

もしかしてお姉ちゃんがいたらこんな感じなのかもしれない、と思ったけど、すぐに思い直した。やっぱりしっくりこない。じゃあ……恋人、だったら。そう考えると、やけにしっくりくる。

「……結衣さん、美容師向いてるかも」

「ん？　なんで？」

私の長い髪を乾かす手付きはやけに慣れていて、ドライヤーの風が柔らかくて気持ちがいい。

「髪、乾かすの上手だから」

「そう？　ご希望とあれば毎日乾かしてあげるよ」

今まで何人の女性の髪をこうして乾かしてきたのか。経験が透けて見える特技だけど、してもらう分には、悪い気はしない。

「……毎日、家にいないじゃないですか」

「そうかなぁ」

後ろから聞こえる声は、いつもよりも機嫌がいい気がする。私の髪も結衣さんに劣らず結構長いから、乾かすの、大変なはずなのに。

「はい、終わり」

気持ちがいい指が離れていく。名残惜しい気持ちを抑えながら振り返ると、結衣さんが優しく微笑《ほほえ》んで私の頭を撫《な》でた。

「……ありがとうございました」

「うん。体調はどう？」

「もう大丈夫です」

「そう？　それならよかった」

ドライヤーのコードをくるくるまとめている結衣さんの、手を摑《つか》む。すう、と大きく息を吸って、真《ま》っ直《す》ぐにその夜の海みたいに真っ黒な瞳を見つめる。

「あの……いっぱいわがまま言って、すみませんでした。自分でも、なんであんなこと言ったのか……よくわかんなくて」

じっと見つめ返されてやっぱり耐えきれなくて視線を泳がせる。その綺麗《きれい》な顔で真剣に見つめられると、やっぱりまだ直視できない。

「あぁ……昨日のこと？」

結衣さんの手が私に伸びて、頰にかかった髪を優しく耳にかけてくれる。

「正直、ちょっとびっくりした」

面倒なことを嫌うこの人のことだから、いくら優しいといえど、めんどくさいタイプの私のわがままは、あまり好まないのではないかと不安になる。

「……ごめんなさい」

素直に謝ると、ふふっと結衣さんが笑った。

「なんで笑うんですか、本気で謝ってるのに」

「かなたがかわいくて」

「かわいいって、何が……」

言葉の意味を確かめるように繰り返すと、ぐいと距離を詰められて思わず後ろに手をついた。整った彼女の顔が近づく。キスできそうなくらい、近い。心臓が急にどくどくと激しく鼓動する。

えっ、なに、何が起きてるの？

伸びてきた手が顎に添えられて、親指が唇に触れた。断られるなんて微塵《みじん》も思っていないような自信満々な瞳に、圧倒されそうになる。

「……かなたの弱点、一つ見つけた」

「あ、の……結衣さん……？」

黒い瞳が、私の唇を見つめる。優しく唇をなぞる親指に、呼吸が浅く、速くなる。近い。どうしよう。どうしたらいいの？

「ねえ……拒否、しなくていいの？」

本当にキスしちゃうよ、と、殊更甘い声で囁《ささや》かれて、はっと我に返って思い切り結衣さんの肩を押すと、拍子抜けするほどあっさりと身体が離れた。

「……ふふ」

見上げた結衣さんが、堪《こら》えきれずに笑ったところで、やっとからかわれたのだという事実に気付いた。

「ゆ、結衣さんっ！」

「あはは」

さっきの、熱のこもった視線が嘘《うそ》のようにいつも通りに戻っていて、身体中の力が抜ける。本当にびっくりした。胸に手を当てると、まだ心臓が、どっくんどっくんと激しく震えている。

「かなたってさ、本当、押しに弱すぎ」

「弱点って、それですか……？」

「この子、押せばいけるって思われたら終わりだよ。気をつけてね」

それはあなたの経験則ですか、とちくりと言いたくなったけどぐっと飲み込む。

「もう、からかわないでくださいよ……」

「ごめんごめん。でも、かわいいなって思ったのは本当。かなたって、いつも彼氏に対してあんな感じなの？」

違う。今まで、誰かに甘えたことなんてない。でも、それを言ってしまうのはあまりにも恥ずかしすぎる。あなただから甘えてしまうんです、なんてそれじゃまるで告白だ。

「……ひみつです」

「こんなにかわいい彼女がいるのに浮気《うわき》するような人と付き合ってたなんて、かなたって、絶対見る目ない」

結衣さんの考察は正直、半分は当たってる。前の彼も、私を好きだと言うから押しに負けて付き合ったという経緯がある。でも、別れたのは、別の理由だ。

「……浮気されたのは、本当は私に原因があるんです」

「原因？」

「上手にセックスができなくて振られたんです。触れられると身体が萎縮してしまって、どうしても無理で」

結衣さんの手が、そっと私の手を握る。優しくてあったかい。どうしてか、結衣さんになら言ってもいいと思った。私が恋愛に二の足を踏む、本当の理由。

男性にとって、セックスに応えられない私は、きっと価値がない。

「付き合ってる間、ずっと、我慢してたの？」

「だって、付き合ってたら、それが普通なんですよね？」

「……普通、じゃないと思う。好きな人に苦痛を与えてまですることじゃないでしょ」

結衣さんの口からそんな台詞《せりふ》が出てくると思わなくて、びっくりして結衣さんを見つめる。

「……好きって感情、結衣さんにわかるんですか？　だって、色んな人といっぱい遊んでるのに」

言ってから、辛辣な言葉をかけてしまったと気付いた。

「わかるよ。好きな人、いたことあるから」

落ち着き払った声で言われて、息が詰まった。心臓がギュッと縮まるように締め付けられる。

「なあに、その顔」

「恋人は作らないって、言ってませんでした？」

「いたことないとは言ってないよね」

「……どうして別れたんですか。浮気したんですか？」

「まさか。付き合ったら大事にするタイプだよ。浮気なんか絶対しない。めちゃくちゃ尽くすもん」

「……結衣さんが一途《いちず》になるなんて想像できない。それなら、どうしてこうなっちゃったんですか」

「振られたのは私だし、別れたのは私に原因があることは確かだけど、今話したいのは私のことじゃなくて……」

結衣さんの手に力がこもったのがわかった。真剣な瞳が私を射貫《いぬ》く。

「自分の気持ちを殺してまで相手の欲求に応える必要はないと思う。かなたは、そのままでいいんだよ」

迷いのない真っ直ぐな言葉。その瞳の真剣さに、本気で私のことを思って言ってくれていると知る。

「本当に、そう思います？」

「もちろん。好き合って付き合うんなら、我慢する必要なんてないし、それを嫌がる人なら付き合う価値ない」

胸の奥底にずっと刺さっていた棘《とげ》が、やっと抜けたような気がした。今気付いた。私はずっと、誰かにそう言って欲しいと願っていた。

「……ふふ。結衣さんにそう言ってもらえると思わなかった」

「かなたは断るってことを覚えた方がいいよ。もっと自分のこと大事にして」

腕を引かれて、ギュッと抱きしめられる。心地よくて、目を瞑《つぶ》ってその胸元に擦り寄った。女性特有の柔らかさが気持ちいい。隙間なくピッタリ身体《からだ》が密着すると、力が抜けていくようにリラックスできる。

この人がモテる本当の理由を、正しく理解できた気がした。

それと同時に、降って湧いた疑問。こんなに大事にしてくれて、一途に思っていたはずのこの人を、振った元カノの存在。

律さんが前に、結衣さんは大学一年の頃からこんな感じだったと言っていた。だとすれば高校生の時？　結衣さんが「恋人を作らない」と決めたのも、元カノとの恋愛がきっかけなんだろうか。

贅沢《ぜいたく》な人もいるものだ。私だったら、この優しい人を独り占めできる権利を得たなら、自分から手放せる気がしない。

◇◇◇

「え、女同士のやり方？」

「しーっ！　律さん、声が大きいです！」

客足もまばらな平日の午後の喫茶店。唐突に、穏やかなティータイムに似つかわしくない台詞が飛び出して、私は慌てて律さんを制する。

質問の意図が読めなかったのか、律さんは怪訝《けげん》そうな顔をしながら、ケーキスタンドからマカロンを一つ摘《つま》み上《あ》げて、口の中に放り込んだ。他のお客さんに聞かれないよう、カウンター席には律さんしか通してなくてよかった。ほっと胸を撫で下ろす。

なぜ、律さんが私のバイト先の喫茶店に来ているのかというと……「私のバイト先の喫茶店、大学から近いのでよかったら来てください」と、私が誘ったからだ。

もちろん、お店の売上のために営業をかけたわけではない。結衣さんのお友達である律さんに、聞きたいことがあったからだ。その聞きたいこと、っていうのは、つまり冒頭の質問の通りなんだけど。

お誘いしたその日に、律さんは大学帰りに早速寄ってくれたからびっくりした。いつだったか結衣さんが、「律のいいところはフットワークが軽いところ。飲みに誘えば必ず来る」と言っていたけど、あながち嘘でもないらしい。

「そんなの、結衣に聞けばいいのに。そっちの方が早くない？」

頬杖《ほおづえ》をついて、律さんの垂れ目がじーっとこちらを窺《うかが》うように見る。確かに、言ってることはごもっともなんだけど……。

「……当事者には、生々しくて聞きづらいんですよ」

「まぁねえ……変に質問して、手取り足取り教えられても困るもんねー？」

結衣ならやりかねないわ、と悪戯《いたずら》に笑う律さんに、今度は私からじとりと恨みがましい視線を送る。

「……結衣さんは、そんなことしませんよ」

「あらあら、いつの間にか懐《なつ》いちゃって、かわいいこと」

からかうように律さんは言うけど、そういう意味じゃない。そもそも私は、何度も言うようだけど結衣さんの好みではないのだから、手を出されるはずがないということを言いたかった。

「でもね、本当に私は結衣がどんなセックスしてるかなんて知らないよ。友達のそういうの、事細かに聞かなくない？」

「結衣さんがどうこうとかじゃなくって、一般的に……の話です」

「えーと……一般的に、女同士はどうやってするか知りたいってこと？」

カウンター越しに顔を寄せて、できる限り小声でこそこそと話す律さんに、こくこくと頷《うなず》いて返事をする。

単純に疑問だった。私から見た結衣さんの行動原理を突き詰めて考えると、こうだ。

めんどくさいから恋人は作らないけど、かわいい子とセックスはしたい。

でも、そこで疑問に思うことがある。それで、結衣さんが得るものってなんなんだろう？

愛情も伴わないのに飽きもせずに繰り返すなんて、女性同士のセックスって、そんなに良《い》いものなのだろうか。

「あー、なるほど……オーケー、まずはそこからってことね」

私がおすすめしたミルクティーで喉を潤した後、律さんは不敵に笑う。

「今度、結衣に聞いてごらん。『結衣さんは、いつもどの指使うんですか？』って。そしたらきっと、かなたちゃんが知りたいこと、教えてくれると思うわよ」

そんなアドバイスを受けた夜のこと。チャンスは、唐突に訪れた。

「えっ……爪？　やりたいの？　私の？　自分のじゃなくて？」

鳩《はと》が豆鉄砲を食ったような表情で、結衣さんはやすりを持ったまま固まっている。ソファの定位置で、鼻歌を歌いながら爪にやすりをかけていた結衣さんに、「それ、私にやらせてください」と声をかけただけなのだけど。

除光液の匂いと共に綺麗《きれい》さっぱりマニキュアが落とされた結衣さんの指先はいつになく新鮮に映った。

先日、手を繋《つな》いでもらった時のことを思い出す。短い爪に乗せられたシンプルな黒のネイル。先週は確か、深いネイビーだった。頻繁に色が変わる指先は、気移りしやすい彼女の性格をそのまま表しているようだ。

「……何かおかしいですか？」

「いや……おかしくは、ないけど……」

いつになく歯切れが悪い結衣さんを無視して、その手からやすりを奪い取る。隣にどっかりと腰掛けて、早く、と手を出した。

渋々差し出された右手をまじまじと観察する。大して伸びてはいないその爪の先にやすりを当ててると、様子を窺うように結衣さんが私を見つめる。

「……人の爪の処理なんかして、楽しい？」

楽しいか、と問われれば別に楽しくはない。でも、結衣さんの手をじっくり観察するチャンスだと思った。

「楽しいですよ」

「……ふーん」

均等に、長さを整えるように、いつもの結衣さんの爪の長さを思い出しながらやすりを動かす。

「でも結衣さん、爪短いからあんまりやるとこないかも」

やすりをかけると言っても、常に手入れをしている彼女の爪は少しだけ長さを整えて角を取るくらいで、すぐにいつもの指先に戻ってしまう。

「つまらないでしょ？　もういいよ」

いつになく落ち着かない様子で、耐えかねたように結衣さんが言うから、右手を握りしめたまま、左右に首を振った。

「そっちの手も」

「え」

そう言って、左手に視線を向ける。やっぱりどこをどう見ても私には爪が伸びているようには思えない。手入れが行き届いた女性的な手だ。爪の手入れをされることを嫌がっている……というよりは、少し困っているように見える。

最初に右手を出された時に、違和感があった。人に爪をやってもらうなら、普通は自分でやりづらいはずの利《き》き手《て》を出すと思ったのに。

「……結衣さんって、左利きですよね」

我ながら今更な質問だ、と思う。一緒に食事をしていて左手で箸を持っていることに気付かなかった……なんてことはない。知っていて聞いた。

「そうだけど……なんで？」

「じゃあ……」

意を決して、結衣さんの左手を取る。嫌がられるかと思ったけど、振り払われることはなかった。きゅっと人差し指を握る。

「女性を抱く時に使うのは、この指ですか」

彼女が、息を呑《の》んだのがわかった。普段は余裕のある結衣さんを、初めてだし抜けた気がして少しだけ気分がいい。

突然そんなことを聞かれると思わなかったのか、真《ま》っ直《す》ぐに見つめられる。質問の真意を探るような、そんな視線。だから私も負けじと見つめ返す。理由なんてない。ただ、あなたのことが知りたいと思った。もっと、ちゃんと、その心の奥の方まで。

たっぷり間を置いたあと、根負けした結衣さんが小さくふうとため息をついた。

「……違うよ」

でも、返ってきた言葉は予想外だった。あれ、違うの？　と首を傾《かし》げる。

「私、人差し指より薬指の方が長いから。使うのは、中指と、薬指」

指の長さを確かめるように、手を握る。本当だ、長くて綺麗な指だな、と思っていたけど、確かに薬指の方が、人差し指より少し長い。

にぎにぎと薬指を握ると、そっと手を握り返される。指の間にするすると彼女の長い指が絡《から》まって、離れてくれなくなった。

「ねえ……なんでそんなこと知りたいの？」

さっきまで少し困惑していたくせに、気付けばいつもの余裕のある結衣さんに戻っている。優しく問いかけられて、あ、会話の主導権を取られたと自覚する。手を解《ほど》いて欲しくて目線を送るものの、結衣さんはにっこりと笑ってより強く手を握ってくる。

笑っているけど、逃がさない、って顔に書いてある。

「えっと……その」

律さんの、嘘《うそ》つき。こう聞けば結衣さんは教えてくれるって言ったのに。なんだか違うスイッチを押してしまったような気がする。

「……律さんに、そう聞けって言われて」

ごめんなさい、律さん。いたたまれなくなって、思わずポロリと名前をこぼしてしまった。

「ふーん……。律に会ったの？　いつ？」

「今日……バイト先に来てくれたので」

「へえ。いつの間にそんなに仲良くなったの？　なんか妬《や》けちゃうな」

すりすりと、繋いだ手を悪戯な親指が撫《な》でてくる。にこにこと笑ってるけど、繋いだ手が少し強引で、いつもの優しい結衣さんじゃない。

「で、なんで律にそんなこと聞けって言われたの？」

逃げ道を一つずつ潰されていくようで、たまらずに結衣さんを窺い見る。瞳を見つめられたら心まで見透かされそうで思わず目を逸《そ》らした。言葉にするにはあまりにも、誤解を招きそうで……。

そう思った矢先、繋いでない方の結衣さんの指先が、俯《うつむ》いた私の顎を持ち上げた。ぶつかる視線に、呼吸も忘れそうになる。

「……ねえ、かなた。何か聞きたいことがあるんでしょ？　黙ってちゃわかんないよ」

泣きそうになってしまった私の名前を呼ぶ結衣さんの声は、思っていたよりもずっと優しい。

「……ごめんなさい」

もう、無理だ。これ以上の押し問答はボロが出る一方でしかない。降参して謝ると、ふっと結衣さんが吹き出すように笑った。

「もー……何それ、反則でしょ」

張り詰めていた糸が切れたようにいつもみたいに柔らかく笑うから、わからなくなる。

「だって、結衣さん、怒って……」

「怒ってない、怒ってない」

繋いだ手を引かれて、結衣さんが私の頭を胸元に引き寄せた。ぽんぽんと頭を撫でられて、ようやく許してもらえたってことを知る。

「……ごめんなさい、デリカシーのない質問でした」

「そんなことないよ、ちょっとからかっただけだから」

聞かれたくないことの一つや二つ誰にだってあるはずなのに、配慮に欠けていたかもしれない。

「それで？　本当は何が知りたかったの？」

くるくると私の長い髪を弄びながら結衣さんが尋ねる。私も、握りしめたやすりを手持ち無沙汰に転がしながら結衣さんを見上げた。

「……女同士って、そんなにいいものなのかな、って気になったんです」

ぴたり、と結衣さんの手が止まる。また何か失言してしまっただろうか。遊んでいた指先から、髪が解ける。そのままそっと、背中に押し当てられた手のひらがゆっくりと背筋を撫で下ろした。

こんな触られ方はしたことがなくて、身体《からだ》を引こうと思った瞬間、見透かされたかのように腕が腰に回って私の身体を引き寄せた。

「……興味、ある？」

耳元で、囁《ささや》かれた甘い声。はっとして肩を押そうとすると呆気《あっけ》なく手を摑《つか》まれて、吸い込まれていきそうなほど深い色の瞳と真っ直ぐに視線がぶつかった。

「……私とセックスしてみる？」

「……はっ⁉」

顔に熱が集まる。みるみる赤くなっていくのを自覚するけれど、どっくんどっくんと激しくなる鼓動はどうにもできない。悪戯《いたずら》な瞳が私を見ている。本気なのか冗談なのか、全然わからない。まるで試されているようだ。

「あの、結衣さんって、かわいくてめんどくさくない子、が好きなんですよね……？」

「それ、律から聞いたの？」

「私は、当てはまらないと思うんですけど」

かわいいかどうかはさておき、めんどくさくない子、ではない自覚はある。色々と考えるタイプだ。その場のノリと勢いを大事にする方じゃない。

わかっているはずだ。客観的に見ても私は、結衣さんの望む遊び相手にはまず向かないと。

「……結衣さんにとって、私ってなんなんですか？」

ルームメイト。父親の友人の娘。大学の後輩。色んなラベルはある。一体どういう気持ちで私のことを、この人は見ているんだろう。

「そうだなぁ……かわいくて、めんどくさい後輩」

にっこり笑ってそう告げるから、思い切り手を振り払った。手に持っていたやすりを放り投げて、立ち上がる。

「結衣さんの、バカ！」

捨《す》て台詞《ぜりふ》を吐いて、バタンと大きな音を立ててドアを閉め、自室に逃げ込んだ。

結衣さんは、追っては来なかった。

確かに今回は私が悪かったと思うし、結衣さんにとってちょっとした仕返しのつもりだったんだろう。それでもあれはない。からかうのにも限度がある。自室のドアに背を預けてずるずると座り込む。

「ほんっと、もー、最悪……」

心臓の音が鳴り止《や》まない。そんな私の困惑を遮るように、ポケットが震えた。入れっぱなしだったスマホを引っ張り出す。チャットアプリに通知が一件。早川永太と名前が浮かび上がる。

『明日《あした》青澤の退勤時間に合わせて、店に傘返しに行くから。お礼に夕飯奢《おご》るよ』

ふう、とため息をつく。あーあ、結衣さんが傘なんて貸すから、やっぱりめんどくさいことになった。

「……貸したのは私じゃないんだから、お礼するなら、結衣さんにすればいいのに」

独り言は誰に伝わるでもなく部屋に響く。明日のバイトを思うと憂鬱で、思考を振り切るように、思い切りベッドに飛び込んだ。

第4話　酔い、覚めましたか

　今日、早川くんが、結衣さんが貸した傘を返しに来る。それだけならいいけど、彼はわざわざ私の退勤時間にバイト先に赴いて、夕飯をご馳走《ちそう》してくれるという。男性に好意を向けられるのは、別に初めてじゃない。一般的な学生が経験するような異性間のあれこれは、ひと通り経験がある。

　早川くんは、悪い人じゃない、と思う。出会った時からいい人だと思ったし、同僚として話をするのは、嫌いではない。でも……できれば店の外では会いたくないという気持ちは変わらない。どうせならはっきり言ってくれれば、断ることができるのに……と思ったけれど、すぐに考え直した。バイト先で揉《も》めて居づらくなるのは、嫌だから。

　憂鬱な朝。キッチンでコーヒーを淹《い》れながら、ため息をつく。すぐに、コーヒーにしたのは失敗だったと思った。立ち昇るいい香りは、バイトを強く意識させる。

「おはよ、かなた」

「……おはようございます」

あんな出来事のあとで、全く気にしていないらしい結衣さんが呑気《のんき》に自室から顔を出した。うーんと伸びをするから、Tシャツから引き締まった腹部が覗《のぞ》いて、慌てて目を逸らす。結衣さんが昨日、あんなことを言うから妙に意識してしまう。

「……なんか、バイト帰りのかなたの匂いがする」

「あ……よくわかりましたね。うちの店の豆、マスターにもらったんです。結衣さんも、飲みますか？」

「うん、ありがとう。先に顔洗ってくる」

様々な出来事に対して尾を引くタイプの私と違って、結衣さんって、基本的にいつもさっぱりしてる。

あれこれ考え込む私とは対照的で、結衣さんの性格を考えれば、そりゃあめんどくさい子は選ばないだろうと思った。

結衣さんが顔を洗いに行っている間に、サラダを用意することにする。結衣さんが朝食を用意してくれる時、いつだってサラダのミニトマトは半分にカットされているし、トーストにはバターを塗って出してくれる。一方で私は、ミニトマトは切らずに添えるだけだし、バターはテーブルの上に置くだけだけど、特に何か言われたことはない。

思い返せば、結衣さんに不満を言われたことは、暮らし始めてから一度もない。最初はただ優しい人なんだと思っていた。でも、最近わかってきたことがある。結衣さんは、多分、初めから他人に過度に期待していない。自分でなんでもできるから、余裕があって他人にも優しくできるのだと思う。欠陥だらけの私とは、大違いだと思った。

「かなた、今日バイトなんだっけ」

ダイニングテーブルの向かい側に座った結衣さんがなんでもないような様子で聞いてくる。平静を装《よそお》うとしているけれどどうしても結衣さんを直視することができなくて、俯いたままトマトにフォークを突き刺そうとして、つるんと逃げられた。

「はい。今日は、遅くなります」

「そうなんだ。迎えに行こうか？」

「いえ、今日は大丈夫です。バイトの後、予定があるので……夕飯、食べて帰ります」

本当は乗り気じゃなかったけど。結衣さんと二人きりになるのがなんだか気まずくて、少し時間と余裕を持ちたかった。一旦自分の心の中を整理したい。結衣さんと一緒にいると、心が揺れ動いてばかりいる。

「ふーん……」

なんだか含みがある返事に、思わず顔を上げた。目が合うと、結衣さんがにっこりと微笑《ほほえ》む。

「早川くんとデート？」

「え」

早川くんと夕食に行くなんて言ってないのになんで彼と出かけるとわかったんだろう。

びっくりしたのが顔に出たのか、結衣さんがすっと目を細めた。

「かなたって、わかりやすくてかわいいね」

「……何言ってるんですか、違いますよ。デートじゃないです」

私がわかりやすいんじゃなくて、結衣さんが察しがいいだけだ、と思う。彼女は人の欲求を掬《すく》い上《あ》げるのが本当に得意な人だ。寒いと言わなくても膝にブランケットをかけてくれるし、喉が渇いたと言わなくても当たり前のように飲み物が出てくる。

「一途《いちず》そうだし、いいんじゃない？」

本当にそうだろうか。結衣さんに初めて会った時、顔を赤らめていた早川くんを思い出す。

結衣さんがあまりにも興味なさそうに言うから、ちょっと面白くなかった。私のことをかわいいとかなんとか言っておいて、冗談だったとしても夜のお誘いまでしておいて、あっさりと他の男性を勧めるなんて。

「……本当にそう思います？　付き合ってもいいって」

思ってもいないことを口にした。付き合うなんて考えたこともない。こんなことを結衣さんに言って、私は、彼女に、なんて言って欲しいんだろう。どこまでも深い夜の海のような瞳が、真《ま》っ直《す》ぐに私を捉える。結衣さんって本当に何を考えているのかわからない。

近づいたと思ったら突き放され、距離感がどうしたって摑めなくて、底が知れない深い海に沈んでいくような気持ちになる。

「んー……。かなたが好きなら、いいんじゃない？」

ほら、そうやってまた、遠く遠くに、逃げていく。いつだって欲しい言葉をくれるはずのこの人は、肝心な言葉だけは絶対に言ってくれない。

◇◇◇

早川くんがバイト先に現れたのは、私の退勤時間ぴったりだった。手に結衣さんの傘を持って、はにかむ彼の笑顔が眩《まぶ》しい。

「青澤、久しぶり」

「お疲れ様です」

天気が崩れる前に傘を回収できてよかった。週間天気では明後日《あさって》が雨の予報だったから、しばらくシフトが被《かぶ》っていなかった早川くんは、わざわざ今日傘を届けてくれたんだろう。

「お疲れ様。じゃ、行こう。お店予約してるから。今日は俺の奢り」

「あの、本当にいいんですか？　ご馳走になっちゃって」

本当に奢ってもらっていいんだろうか。じっと早川くんを見つめると、彼は嬉《うれ》しそうに笑って胸をどんと叩《たた》いた。

「バイト代、もらったばっかりだから大丈夫」

ずきりと胸が少しだけ痛む。早川くんは、いい人だ。そんないい人の気持ちを今、私は利用している。昨日のことがあって結衣さんを意識してしまうからって。ちょっと望んだ言葉を言ってくれなかったからって。……これじゃ、子供だ。

早川くんの少し後ろを歩く。やっぱり歩くスピードが速いな、なんて思いながら。

連れていかれたのは、ちょっと……というよりかなり気合が入ったお店の個室だった。メニューに並ぶ値段も、大学一年生が行くには勇気がいる価格帯だ。てっきり近くの定食屋さんぐらいだと思ってた。

お互い十九歳でお酒も飲めないから、飲みに誘われる心配もないしとたかを括《くく》っていたけれど、どうやらこれは結構本気のやつっぽい。

「好きなの、食べて」

「えっと、大丈夫ですか？　バイト代なくなっちゃうんじゃ……」

お礼ってレベルじゃない。これはさすがにデートで行くような店だ。早川くんの思惑をわかっていて、了承した私も私だけど。

大丈夫、とにかっと笑う早川くんに、苦笑いをする。それなら、とできるだけ安いメニューを頼んだ。

早川くんと話す時、結衣さんと話している時のような、探り合うような空気感は一切ない。他愛のない話が繰り返されるだけで、ただ時間が過ぎていく。

時計の長針が一周と少しして食事も終えた頃、急に早川くんがそわそわし出した。口数も少なくなってくる。そろそろ、かな。二軒目に誘われる前に帰らないと。もう十分、思考の整理はできた。

「青澤、あのさ……！」

早川くんが意を決して口を開いた時、私のスマホがテーブルの上で震えた。二人の視線が集中する。通知を見ると、律さんからだった。

「すみません」

話し始めようとした早川くんを遮って、スマホを手に取った。律さんがこんな夜に連絡してくるなんて珍しい。チャットアプリのアイコンをタップする。

『今日めっちゃ荒れてるんだけど、結衣と何かあった？』

メッセージと一緒に送られてきた写真が眼前に飛び込んでくる。写真には、酔っ払ってるのか、薄暗いバーで、女の子を後ろからぎゅうぎゅうに抱きしめて離さない結衣さんの姿が映っていた。

「…………………」

ポンッという音と同時に、追撃のメッセージ。

『結衣、飲みすぎて一人で帰れないかも。かなたちゃん、お迎え来られる？　それとも今日は誰かにお持ち帰りさせちゃった方がいい？』

ミシッと音が立つほど強くスマホを握りしめる。無意識だった。額に青筋が立つのがわかる。

「あ、青澤……？　顔怖いけど……だ、大丈夫？」

「……ごめんなさい、少し席を外します」

スマホを握りしめたまま、真っ直ぐにお手洗いに向かう。この気持ちが何かなんて知らない。わからない。ただ、今やらなきゃいけないことが何かはわかっている。数コールで、律さんが電話に出たと同時に大きな声で叫ぶように言った。

「律さん、今、どこで飲んでるんですか？　迎えに行くので、場所教えてください」

◇◇◇

律さんから送られてきた店の位置情報を頼りに、息が上がるくらいの速さで、私の身体《からだ》は夜風を切って結衣さんのもとへ向かう。あの後、席に戻ってすぐ早川くんには謝って、用事ができたからもう行かないと、と告げた。

食べるだけ食べておいて申し訳ないなと思いつつも、律さんから送られてきた写真が頭から離れなくて、胸の奥がざらついてどうしようもなかった。

そういう人だと、最初から知っていた。彼女には、私が知らない一面がある。私に隠している顔がある。それは同性愛者であるとか、異性愛者であるとか関係なく、私と結衣さんを隔てる壁のようなものだった。

私が今日家を出てから、結衣さんに何があったのかは知らない。バイト終わりに迎えに行こうかと聞いてくれたぐらいだから、少なくとも、朝の時点では予定はなかったはずだ。

憂《う》さ晴《ば》らしをしようとして飲みに出かけたのかもしれないし、その流れで女性を口説いていたのだと想像もできる。それとももっと前に、飲みすぎるほど嫌なことがあったのだろうか。言ってくれたら、私だって、家を空けたりしなかった。

抱きしめられていた女性は、嬉しそうに笑っていた。その表情を見て、一瞬、ほんの一瞬だけ、考えてはいけないことを考えた。そこは私の場所だ、なんて。

寂しい時は抱きしめてあげると言ってくれたのに。結衣さんにとって、寂しい時に抱きしめたいと思うのは私ではないのだと、思い知らされた気がした。


そのバーは、飲み屋街の一角にあった。二十歳以上しか入れないから、入り口の前で律さんに電話する。彼女はすぐに電話に出てくれた。

『あ、かなたちゃん、着いた?』

「はい、お店の外にいます」

『オッケー、今連れてくから。……ほら、結衣、もう帰りな』

電話の向こうで、音楽に交じって、えー、もう帰っちゃうんですか、なんて声が聞こえてくる。さっきの子だろうか。

『かなたちゃん、一旦切るね』

「……はい」

そわそわしながら二人が来るのを待つ。一分一秒がすごく長く感じられた。

「結衣、ほら、真っ直ぐ歩いて」

「真っ直ぐ歩いてるよ～」

律さんに担《かつ》がれるようにして、結衣さんがバーから出てくる。一目見て、泥酔《でいすい》しているとわかった。色々と言いたいことはあったけど、それを飲み込んで、軽く手を上げる。

「律さん！」

「あー、かなたちゃん、ごめんねぇ、この馬鹿のせいで」

「あれ、なんでかなたがいるの？」

今気付いたのか、結衣さんがアルコールで据わった目で私を見つめる。

「あんたを迎えに来てくれたのよ」

「だめだよかなた、ひとりで来たの？　こんなとこふらついてちゃ、あぶないよ」

私より結衣さんの方が心配なんですけど、と思ったけど飲み込んだ。酔っ払いを相手にしている場合ではない。

「……なんでこんなになるまで飲んだんですか？」

家でもよく映画を観《み》ながらお酒を飲んでるけど、ここまで酔った姿を見るのは初めてだった。結衣さんは、アルコールにはかなり強い方だと思う。いつも顔色一つ変えないから。

「さあ、わかんない。止めたんだけど、ガンガン飲むからさぁ……」

律さんも困ってるようだった。とにかく引き取ってなんとかしてくれってことなんだろう。そうですか、と頷《うなず》いて、道路に向かって手を上げる。幸運にもタクシーはすぐに止まってくれた。

「あ、結衣、これさっきの子から。渡してって頼まれた。連絡してだって」

律さんは結衣さんのポケットに紙切れを突っ込んで、タクシーの開いたドアから結衣さんを押し込む。続けて私も乗り込んだ。

「かなたちゃん、ありがと。助かったわ。今度なんか奢《おご》るね」

タクシーの窓越しにバチンとウインクをして律さんはバーに戻っていってしまった。ドライバーさんに行き先を告げると、緩やかに車は夜の街を走り出す。結衣さんに触れた肩が熱を持っているように熱い。

二十歳になってもいないのにバーに来るなんて危ないとか、一人で飲み屋街を歩いちゃダメだとか、酔っ払いのお説教を聞き流しながら、私は心の奥に燻《くすぶ》る感情を整理するのに精一杯だった。

◇◇◇

「転ばないでくださいね」

「大丈夫だよ～、そんなに酔ってないから」

結衣さんの腕を引いてなんとかリビングまで辿《たど》り着《つ》くことができて、ほっと胸を撫《な》で下《お》ろす。結衣さんは華奢《きゃしゃ》だけど、身長は私より十センチぐらい高いから、本気でもたれかかられたら、支え切れる自信はなかった。

「座っててくださいね、今水を用意しますから」

グラスをカウンターに置いて、冷蔵庫からミネラルウォーターを取り出す。まずやらないといけないのは酔っ払っている結衣さんの介抱だ。正直、心の中はめちゃくちゃだけど。

なんで自分がこんなに、やるせない気持ちになっているのかわからない。結衣さんが他の女性を抱きしめていた写真がずっと頭から離れない。胸の奥がムカムカする。当たり散らしてやりたくなる。

なんで？　今は私が誰よりも近くにいるのに、結衣さんが何か困ったり傷付いたりした時に、他の女性に慰めてもらうというのが納得できない。だから腹が立ってる。こんな時にも選ばれない、頼り甲斐《がい》がないのであろう私自身のどうしようもなさに。そんなことを考えながらグラスに水を注いでいると、突然、後ろから抱き付かれて身体が揺れた。グラスから逸《そ》れた水が、カウンターに溢《あふ》れる。

「……結衣さん？」

結衣さんの手がお腹《なか》に回る。その手が思いの外強くて、ぴったりと密着した背中越しに温《ぬく》もりを感じる。

「……かなたはさ、今日、デートどうだった？」

アルコールのせいでいつもより柔らかくて甘い声で囁《ささや》かれて、ぞくりと背が震えた。なんで今、そんなこと聞くんだろう。それにこの体勢は、何。思い出されるあの写真。ちょうどこんな感じであの子を抱きしめてた。

「……結衣さん、ちょっと酔いすぎじゃないですか？　離してください」

「いーじゃん、ねえ、教えてよ」

ぎゅう、と腕の力が強くなる。心のささくれだったところを逆撫《さかな》でされている気分だった。デートがどうだったか？　そんなの聞いてどうするんですか。私には全然興味ないくせに。どうでもいいくせに。

結衣さんのもとへ向かう少し前、早川くんに好きだと言われた。返事はまだいらない、気持ちを伝えたかっただけだと。断るチャンスすらくれない早川くんは、思ったよりいい人じゃなかったのかもしれない。恋愛って駆け引きが大事って言うけど、私にはそういうのって難しい。もういいや、よくわかんない。誰か私のこの気持ちをシンプルに、言語化してくれないだろうか。

「……楽しかったですよ。告白されました。早川くん、私のこと好きだって。返事はまだ、してないですけど」

ぴくり、と結衣さんの手に力が入ったのがわかった。

「ふーん……そう。付き合うの？」

結衣さんが私の肩にぐりぐりと額を押し付ける。少しだけ声がくぐもって聞こえた。

「……結衣さんには、関係ないです」

あなたがそういうつもりなら、私だって何も言わない。どうせ私のことなんか、ただのめんどくさい後輩だとしか思ってないくせに。精一杯の強がりを言い放った瞬間、私を抱きしめていた腕が解《ほど》かれた。と思ったら、突然肩を摑《つか》まれてドン、と壁に背中を押しつけられる。

一瞬のことで何が起こったのかわからなくて、結衣さんを見上げた瞬間、想像以上に近い距離に息を呑《の》んだ。ぐい、と顎を持ち上げられて、あ、と思った瞬間、整った結衣さんの顔がすぐそこにあった。唇に押し当てられた、柔らかな感触。微《かす》かな、グレープフルーツのフレーバー。頭の中に詰め込んでいたあれこれが一気に弾《はじ》け飛んで、真っ白になる。

何が起こったのか、理解できなくて固まっていた。それはほんの数秒だったと思うけれど、結衣さんの香水に混じる別の女性の香りが私を現実に引《ひ》き摺《ず》り戻す。神経を逆撫でする。

一度弾け飛んだはずの思考が一気に戻ってきて、思い切り、結衣さんの肩を突き飛ばす。後ろに尻餅をついた結衣さんに、気付けば感情に任せてグラスの水を頭からぶっかけていた。

「……つめ、た……」

濡《ぬ》れた前髪を掻《か》き上げて、ちょっと怒ったみたいに眉根を寄せて見上げてくる結衣さんを睨《にら》みつける。結衣さんも、こういう表情するんだ。

「……酔い、覚めましたか」

手の甲で唇を拭うと、なぜかじわりと涙が滲《し》み出してくる。

「最低……」

ぽろり、と涙が溢れて落ちたと同時に一瞬、結衣さんが目を見開いて狼狽《うろた》えた。この人、誰かにキスして嫌がられた経験ないんだな、とすぐにわかった。むかつく、腹立つ、そういうところが、本気で許せない。

「……ご、ごめん」

慌てて立ち上がって、私を引き止めようとする結衣さんの脇を通り過ぎて、自室に立て

籠もる。ガチャリ、と鍵を閉めた後、結衣さんがドアの向こうで何か言っていたけれど全部無視してベッドに潜り込んだ。もう決めた。今日は絶対、このドアは開《ひら》かない。

◇◇◇

世の中には、やっていいことと、悪いことがある。一般的に、付き合ってない相手に許可も得ずキスをするのは、悪いことだ。

昨日の結衣さんは今まで見たことがないくらい泥酔していたし、情状酌量の余地が完全にないわけではない、と思う。たかがキス一回ぐらい、別に初めてでもあるまいし、頭から水をぶっかけたのは少しやりすぎだったかもしれないと、朝になってやけにスッキリした頭で考える。

いつもよりずっと早く目覚めた朝。今もまだ唇に残された感触が消えてくれない。結衣さんは、いつものように何もなかったみたいにおはよう、と声をかけてくるだろうか。わからない。想像もできない。のろのろとベッドから這《は》い出《で》て、シャワーに向かう。結衣さんが起きてくる前に、一刻も早くこの家から逃げ出したかった。

家主の部屋のドアが開いたのは、私がボストンバッグに荷造りを終えて、家から出る準備が整った頃だった。

「……おはよう、かな、た……」

二日酔いで辛《つら》そうな顔をして額を押さえながらリビングに現れた結衣さんが、目を丸くする。まずは私を見て、それから手に持っているボストンバッグに視線を落とす。昨日と比べてやけにさっぱりしているから、あの後シャワーを浴びたらしい。それもそうか、だって頭から水をぶっかけられたんだから、そのまま寝られるわけがない。

「……どしたの、その荷物」

「しばらく友達の家に泊まります。心配しないでくださいね、それじゃあ」

「えっ……ちょっと待って、かなた！」

追いかけてくる足音から逃げるように真《ま》っ直《す》ぐに玄関に向かうも、廊下で追いつかれてぱっと手を掴まれる。振り返ると、結衣さんは少し困ったような顔をしていた。本当に、憎たらしいほど綺麗《きれい》な顔だ。きっとこの顔がいけない。世の女性たちがこの人を甘やかしたから、結衣さんはこうなった。

「……結衣さん。昨日、私に何したか、覚えてますか」

酔っていて覚えてない、なんて言った日にはその頬を張り飛ばしてやる。そんなつもりで彼女を見つめた。結衣さんは観念したように、大きく呼吸した後、覚えてる、と呟《つぶや》くように言った。消え入りそうな声だった。

「……怒ってる、よね」

「……怒っていないように見えますか」

なんで怒ってるのか、なんて聞かれたら今はまだうまく理由が説明できない。時間が必要だと思った。ちゃんと思考を整理するための時間が。それよりも前に結衣さんと向き合ってしまったら、思ってもいない言葉を投げつけてしまう気がして、とにかく今は距離を置きたいと思った。お互いのためにも。

「ごめん、昨日はすごく酔ってて……」

「もう行きます。遅れちゃうので」

ぱっと手を振り払って、逃げるように玄関を飛び出す。ちょっと待って、と言われた気がしたけど全部無視した。その言葉の続きは、聞きたくなかった。

酔っていたから、誰でもよかった。そう言われたら今度こそ、その頬を思い切り張り倒してしまいそうだったから。

申し訳ないんだけど今日家に泊めて、なんてお願いできる友人なんて、私には一人しか心当たりがない。期待して頼み込んだ友人は、想像していた以上にあっさりと快諾してくれた。肩まである金髪をひとまとめにしている彼女の名前は、阿澄《あすみ》悠里。大学でできた初めての友達だ。

地方出身の悠里は一人暮らしをしていて、学生向けのワンルームアパートの二階に住んでいる。なんでもロックが大好きで、お世辞にも広いとは言えない部屋の壁には所狭しとよくわからないバンドのポスターがペタペタ貼ってある。

大学終わりに押しかけた私に文句一つ言わずに、ベッドの脇のギターを除《よ》けて、来客用だという布団《ふとん》を敷いてくれた。その上にちょこんと体育座りする。

「悠里が泊めてくれて、助かった。本当にありがとう」

「別にいつまででも居てくれたっていいけどさ、家出するなんて先輩と喧嘩《けんか》でもしたの？」

私のボストンバッグをつつきながらにんまりと面白そうに聞いてくるから、居心地が悪い。言えるわけない。結衣さんにキスされて、怒って家出したなんて。

「……まぁ、だいたいそんな感じ」

「一ノ瀬先輩って優しいって聞いてたけど、そうでもないんだ？　かなたとは合わないタイプ？」

いや、あの人は噂《うわさ》以上に優しい。合うかどうか……は正直自分では判断がつかない。私は結衣さんとの生活を居心地がいいと思ってるけど、結衣さんがどう思っているのかはわからない。

「優しいよ。優しいんだけど……たまに何考えてるのか、全然わかんない時があるんだよね」

「ふーん。で、今回の喧嘩は、どっちが悪いの？」

そう問われて言葉に詰まる。原因を作ったのは結衣さんだ。でも、水を掛けたのは私もやりすぎだった。だから、どちらが悪いのかと言われると……。

「微妙……」

「あはは、何それ」

悠里があっけらかんと笑う。深くまで根掘り葉掘り聞いてこないのに、しっかりこちらの話を聞いてくれる悠里のことを、私は結構好きだったりする。

「もう一緒に暮らしたくないってくらい、先輩のこと嫌になった？」

「そういうわけじゃないよ、ただ今は顔を合わせる余裕がないっていうか」

「でも時間が経《た》つと気まずさって増す一方だよ、本当に」

「わかってるけど……」

わかってる。わかっているけどどんな顔をしたらいいかわからなくて困ってる。あの後結衣さんから、話がしたいから帰ってきてとメッセージが来ていたけど、無視してスマホの電源を切った。

向き合うのが怖い。時間が経てば経つほど怒りの波が引いて、浮き彫りになっていく私が怒っていた理由。腹が立ったのは確かだ。でも、それはキスをされたからじゃない。他の女性の匂いを纏《まと》わせたまま、私に触れる無神経さに腹が立った。

そう理解してしまったら、もうキスしたこと自体を責められる気がしなかった。だって、嫌じゃなかった。自分でもびっくりするけど。

「先輩と仲直り、したくないの？」

「したいよ……。仲直りしたい」

ぎゅう、と膝を抱える。完全に駄々をこねる子供みたいになっている自覚はある。

ピコン、と悠里のスマホが鳴った。メッセージが誰かから来たらしく、すいすいとスマホの画面に指を滑らせている。

「そっか。まあ、色々思うところはあるよね。あ、かなた、先にお風呂《ふろ》入ってきなよ」

「え、いいの？」

「ゆっくりしてきな。ちょうど沸いたし」

ひらひらと手を振って言うから、お言葉に甘えて先にお風呂をいただくことにした。悠里のアパートは学生用だから、バスタブはあまり大きくない。あの家に暮らしてしばらく経つから慣れてしまっていたけど、改めて結衣さんは本当にお金持ちなんだなと思う。普通の家にはジェットバスなんてそうそうないし、学生の家ってこれが普通だと思う。

膝を抱えて小さくなる。家出をしたのは私なのに、なぜだろう。今すごく、結衣さんに会いたいと思っている。へんなの。私、怒っていたはずなのに。

「……かわいくて、めんどくさくない子、かぁ」

浴室に響く自分の声。そりゃあ、私のことはタイプじゃないわけだ、と思った。

髪を乾かして脱衣所から出ると、悠里が誰かと電話している声が聞こえた。廊下と部屋を遮るドアを開く。

「あ、上がった？」

「ごめん、電話してたの？」

「今着いたってよ、一ノ瀬先輩」

「えっ？」

なんのこと、と首を傾《かし》げる。すると悠里は電話に向き直って、二〇三号室です、と言って電話を切った。

「一ノ瀬先輩から今、電話があって」

「なんで結衣さんが悠里の電話番号知ってるの？」

え、まさか関係持ったことあるなんて言わないよね。そう疑問に思った私を見抜いたように悠里が笑う。

「中原律さんって知ってる？」

「知ってる。結衣さんのお友達だけど……」

「さっきサークルの先輩経由でメッセージが来てね、一ノ瀬先輩とルームシェアしてる子の、一番仲が良《い》い友達教えてって捜し回ってたみたいで、それで私に」

律さん、交友関係広すぎない？　察するに、困り果てた結衣さんが律さんを頼ったのだろう。事情をどこまで話したのかはわからないけど、こういう時に律さんは私に直接連絡をしてこないあたり、いつも悪態をついていても、やっぱり二人は親友なのだな、と思う。

結衣さんが来てると聞いて固まっていると、悠里が私の背にアウターを掛けた。

「湯冷めしないようにね。こんなに必死にかなたのこと捜してるなんて、よっぽど仲直りしたいんだと思ってさ、住所教えちゃった。帰りたくないならこのままうちに泊まってもいいけど、どうする？」

すっかり脱力してしまった。怒っていたはずなのに、迎えに来てくれて嬉《うれ》しいなんて、自分でも矛盾していると思う。

「…………帰る。ありがとう、悠里」

「ちゃんと仲直りしなよ？」

「……うん」

こういうところが私のだめなところ。めんどくさいと言われても仕方がない。ピンポン、とインターフォンが鳴って、悠里がドアを開ける。結衣さんが、ドアの前に立っていた。

二日酔いのはずなのに、他所《よそ》行《ゆ》きの彼女はいつだってしゃんとしてる。疲れも、動揺も、おくびにも出さず、にっこりと笑った。

「遅くにごめんね。初めまして、一ノ瀬結衣です」

「かなたの友達の阿澄悠里です、初めまして」

挨拶もそこそこに、結衣さんがアウターを羽織ってじっとしている私に視線を向ける。一歩が踏み出せなくて様子を窺《うかが》っていると、悠里が私の背をぐいと玄関に押しやった。

「……かなた、帰ろ」

優しく言われて、渋々といった風に頷《うなず》くと、結衣さんが安心したように笑った。

「悠里、遅くまでごめんね」

「いいよー。また、大学でね」

「うん」

悠里に手を振って別れると、アパートの脇に停《と》められている結衣さんの車が見えた。黒くてピカピカした高級車だから、あれが結衣さんの車だとすぐにわかる。

「かなた、荷物貸して」

そう言って私のボストンバッグを持ってくれた結衣さんの後ろをついていく。助手席のドアを開けてくれた結衣さんに中に入るように促されて、大人しく車に乗り込んだ。

結衣さんと、二人きりになる車内。はい、と温かいミルクティーを手渡されて驚く。

「さっきコンビニで買ってきた」

「ありがとうございます……」

結衣さんの良いところでありダメなとこ。こういうとこなんだよなあ、と思う。好きな人以外にこんなに優しくしちゃいけないって、どうして誰もこの人に教えなかったんだろう。そんな私の思いをよそに、車は家に向かって走り出す。

それっきり車内で、結衣さんは一切喋《しゃべ》らなかった。私もなんと話を切り出したらいいかわからずに黙っていた。横顔を盗み見る。落ち着いていて、二つしか違わないのに私よりもずっとずっと大人に感じる。家までの道のりは、すごく長く感じられた。

「おかえり」

リビングに入るとそう言われて、なんて返したらいいかわからなくなって俯《うつむ》いた。朝、威勢良く家を飛び出したくせに、今は借りてきた猫のようだと言われても仕方ないかも、と思う。座ってよ、とソファに座るように促されて、大人しく腰を下ろすと、結衣さんが床に両膝をついて膝の上の私の手を握った。逃げ出したりしないのに、真剣な瞳が真《ま》っ直《す》ぐに見据えてくる。

「かなた。昨日のこと、ちゃんと謝らせて」

温かい手を握り返す。私も結衣さんに謝らなきゃいけないと思っていたのに、俯いてしまうのはきっと私が結衣さんに甘えているからだ。

「キスして、ごめんね。同性にこんなことされて、気持ち悪かったよね」

え、どうしてそうなるの。ぱっと顔を上げると、結衣さんが少しだけ寂しそうに笑った。

違う、そうじゃない。

「もし許してくれるなら、これからも一緒に暮らしていきたいと私は思ってるんだけど」

「……結衣さん」

遮るように名前を呼ぶ。勘違い、しないで。ぎゅう、と手を握る。

「キスされたのが嫌だったんじゃないんです。気持ち悪いなんて、思ってない」

結衣さんが、え、と少しだけ驚いたように目を見開いた。

「……じゃあ、何が嫌だった？」

こんなにも柔らかく優しい声で問いかけられると、自分の心の柔らかいところを引きずり出されるような気さえする。何が嫌だったか、なんて。そんなの。

「……言いたくありません」

「ええ？　言ってくれないとわかんないのに。謝ることもできないよ」

困ったように結衣さんが言う。

「いいです、謝らなくて。結衣さんこそ、私が水かけたの、怒ってないんですか」

「水？　怒ってないよ。私が悪かったから」

「……めんどくさいって、思ってるでしょ」

「思ってない、思ってない」

優しい笑顔に、凍りついていた心が溶かされていく。最初から逃げずに、話をすればよかった。

「ねえ、かなた。どうしたら許してくれる？」

本当はとっくに許している。でも、せっかく結衣さんがこう言ってくれてるんだから、甘やかしてくれるこの人に、素直に甘えてしまえばいい。

「……寂しかったです、ちょっと離れてるだけだったのに。結衣さんのせいで、家出しちゃったから」

言えば、結衣さんが笑って立ち上がった。そのまま隣に座って、ぎゅっと私を抱きしめてくれる。胸元に擦り寄ると、混じり気のない結衣さんだけの、匂いがする。この匂いがたまらなく好きだ。独り占めなんてできないってわかっていても、この腕の中は私だけの場所であって欲しいと、思ってしまう。

「本当にごめんね。お詫《わ》びになんでもするよ」

「……なんでも？　ほんとに？」

「本当だよ。なんでも」

「……じゃあ、夏になったら水族館に連れてって。シャチが見たい」

そう呟《つぶや》くと、結衣さんが私をぎゅうっと抱きしめながら笑った。

「水族館？　早川くんと行かなくていいの？」

なんでここで早川くんを出すんだろう。意地悪な人。

「いいの。結衣さんが、連れていってくれるって約束して」

「わかった、いいよ。約束する」

そっと手を取られて、小指を絡《から》める。笑っていられるのも今のうちだ。房総半島って結構、遠いんだから。

これから、本格的な夏が来る。私たちの関係性も少しだけ、変わるような気がしていた。

大学一年生、夏。

第5話　今日は、これで我慢してあげる

試験から解放された最初の週末は、願った通り清々《すがすが》しいほどの快晴で、絶好のお出かけ日和になった。水族館に行くと約束した、土曜日。

朝が苦手なはずの結衣さんは、今日は珍しく私よりも早起きだった。家から出た時、どこからか蟬《せみ》の声が聞こえてきて、朝だというのに熱風が肌に張り付くような本格的な夏の暑さを感じた。

今日のために洗車してくれたという、ピカピカに輝く車のドアを開けて、結衣さんは当たり前のように私をエスコートしてくれた。お兄さんからのお下がりだという結衣さんの愛車は高級なだけあって、シートの座り心地は抜群だ。これなら何時間でも座っていられる。

東京湾のど真ん中を突っ切れば、待望の水族館までもう少し。左手でハンドルを持ちながら、鼻歌を歌う彼女の整った横顔を見つめる。窓から差し込む夏の陽《ひ》が、その長いまつ毛を輝かせていた。

水族館が楽しみで、昨日はあまりよく寝られなかった。でも、興奮していて今は全然眠くない。

まるで、デートみたい――。柄にもなくそんなことを思ってしまって、頬が熱くなる。

そう思ってしまったのは、間違いなく、この間の、あの一件のせいだった。

◇◇◇

それは結衣さんと水族館に行く約束をした、少し後のことだった。バイト先に突然、律さんが来た。彼女は結衣さんの親友で、先日の私の家出事件を解決へと導いた立役者でもある。

はつらつとした声と共に店内に現れた彼女は、長いピンクアッシュの髪を纏《まと》めて、タンクトップにシャツを羽織っただけの、如何《いか》にも夏らしい装《よそお》いをしていた。

直接律さんに会ったのは、結衣さん泥酔《でいすい》事件の時が最後だった。どうしてわざわざ店まで来てくれたんだろうと思いながらもカウンター席に通せば、律さんはアイスコーヒーを一杯頼んで、腰掛けた。

「……あの、その節は、本当にご迷惑をおかけしました」

「あぁ、家出の件？　迷惑なんかじゃないよ。仲直りできてよかったね」

ことりとカウンターにグラスを置いて、焦げ茶色の垂れ目をじっと見つめ返すと、律さんはにやりと不適な笑みを浮かべた。

「それにしても……かなたちゃんって、やるときやるんだね。あの結衣に水ぶっかける女なんて、そうそういないよ」

突然そう言われて、思わず顔を赤くする。この様子だと、律さんはどうやら喧嘩《けんか》の発端を全て知っているらしかった。

結衣さんってば、どうしてそんなことを簡単に言ってしまうんだろう。いくら律さんとはいえ、さすがにキスをした事実を知られるのは少し恥ずかしかった。

「それで、今日かなたちゃんに会いに来たのは色々と確認したかったからなんだけど」

確認ってなんだろう。不思議に思って彼女を見つめ返すと、突然、爆弾のような質問が、容赦なく飛んできた。

「付き合ってるの？　ふたりは」

「へ……？」

あまりにも斜め上からの質問で、思考停止する。動揺する私とは正反対に律さんの目は至って真剣で、私を真っ直ぐに見つめていた。

「付き合ってるって、誰と、誰がですか？」

「結衣と、かなたちゃんが」

「な、なんでそうなるんですか？」

「んー……この間かなたちゃん、女同士ってどうやってするんですか、って聞いてきたでしょ？」

確かに、そんなこともあった。でもそれは、結衣さんと私がどうこうというわけじゃなくて、一般的に女性同士のセックスってどういうものなのか知りたくて聞いただけだ。

「その後、結衣がかなたちゃんにキスして、喧嘩したんだよね？」

「そうですけど……」

「で、無事和解して仲直りしたと。それって、付き合ったってことなのかなって」

律さんは、まるでなんでもないことのように聞いてくる。決して冷やかしでもなんでもなく、純粋に聞いているだけなんだろうとは思うけれど、私の心臓はさっきからずっと、どくどくと鼓動を速めていた。

「付き合ってません。第一、結衣さんって彼女を作らない人じゃないですか」

「まあ、そうよねぇ。かなたちゃんって真面目で、遊びには向かないタイプなのに、なんで結衣もそんなことしたのかしら」

そう言って、律さんは不思議そうに首を傾《かし》げた。

そんなこと、私の方が知りたい。結衣さんと付き合いの長い、親友の律さんですらわからないなら、私になんかもっともっとわからない。

結局、どうしてキスしたのかという本当の理由は、結衣さんには、聞けずじまいだった。

◇◇◇

東京から一時間半のドライブは、今日の日を心待ちにしていた私にとってはあまりにも一瞬だった。

入り口のゲートでチケットと一緒に渡されたパンフレットを片手にショーの時間を確認して、早く早くと結衣さんの手を引っ張りながら進む。目指すはこの水族館の目玉。シャチのショーがある、スタジアムだ。

「結衣さん、早くシャチ観《み》に行きましょ」

「え？　最初にショー観に行くの？」

「だって、九時半からって書いてますよ。せっかくだから最初に観たいです」

「……かなたって、たい焼き頭から食べるタイプ？」

そう聞いてくるってことは、結衣さんは尻尾から食べるタイプらしい。私は我慢できなくてなんでも一番好きなものから食べちゃうけど。

「……だめですか？」

「だめじゃないよ。じゃあ、最初に観に行こっか」

引っ張っていた手がそっと繋《つな》ぎ直されて、指先が絡んだ。驚いて結衣さんを見ると、結衣さんはにっこりと笑って私の手をさらにぎゅっと強く握る。

「……なんですか、この手」

「やだ？」

そう言って、結衣さんは私の顔を覗《のぞ》き込む。その表情からは、何を考えているのかは全く読み取れなくて、私はいつも、そんな女性慣れした彼女の態度に動揺してしまう。

「嫌ってわけじゃないですけど……」

「じゃあ、いいじゃん」

そんな風に押し切られてしまったら、私はもう何も言えなくなる。振《ふ》り解《ほど》く理由もないから、そのまま手を引かれて、歩き出した。

こういう時、どういう反応をしたらいいのか、わからない。早川くんと動物園に行った時だって、彼はこんな風に私の手を取ることはなかったし、適度な距離を保って歩いていた。でも、結衣さんは違う。平然とこういうことをしてくる。

女性同士で、腕を組んだり、手を繋いだりするのは別におかしいことではないと思う。

そうは思うのに、なぜか私は、繋いだ彼女の手の温《ぬく》もりを意識せずにはいられなかった。

ショーの開始時間よりずっと早く来たつもりだったのに、スタジアムにはすでに先客がちらほらといた。やっぱり早く来て、正解だったようだ。なんとか最前列を確保して、腰を下ろす。

私は今日、このシャチのショーが、どうしても最前列で観たかった。

事前に二つ買って用意しておいたレインコートを、バッグから引っ張り出して結衣さんにも手渡す。

「はい、どうぞ」

「え、これ着るの？　暑くない？」

「ネットで調べたんですけど、すっごく濡《ぬ》れるらしいんですよ」

「ふーん、そんなに？」

結衣さんは半信半疑って顔してるけど、事前に調べてあるから抜かりはないはずだ。結衣さんは知らないかもしれないけれど、実はこのショーは夏限定で、シャチに水をかけられるためにあるようなものなのだ。

「疑ってます？　なら、結衣さんは着なくてもいいですよ。困るのは私じゃないですから」

潮水でびしょびしょになっても、知らない。渡したレインコートを取り上げようと手を伸ばしたけれど、結衣さんがひょいとそれを躱《かわ》した。

「……やっぱり着る。念のため」

他の前列のお客さんもレインコートを着出したのに気付いたのか、結衣さんは大人しく袖を通してくれた。

「あ、そうだ。靴も気をつけてくださいね」

そう言うと、結衣さんがそのシャチみたいな白と黒の革のスニーカーに視線を落とす。

「え……そんなに水かかるの？　かなたみたいにサンダルでくればよかったかな」

ちょっとだけ弱気になってきた結衣さんに笑って、ピッタリと肩をくっつける。今日の結衣さんは運転が楽なようにとラフなコーデで新鮮だ。どんな服装をしていても、結衣さんは手足が長くてスタイルが良《い》いからいつも綺麗《きれい》だけど。

ここに来るまでに、何人かの男性がすれ違いざまに結衣さんを見ていた。見た目だけじゃなくて、性格も、思いやりがあって、すごく優しい。女癖の悪さが、玉に瑕《きず》、ではあるけれど。

艶やかな黒髪の隙間から覗くピアスが太陽光を反射して輝いて、素敵だな、と思った。

今日をずっとずっと楽しみにしていたから、試験勉強だって頑張れた。日本で過ごす、久しぶりの夏休みに心が躍る。

「水族館って、夏って感じがしていいですよね。来週から帰省しないといけないので、夏らしいことなんて、今年はこれっきりになると思いますけど」

「ロンドンには、どのくらいいるんだっけ？」

「三週間です。だから、日本に帰ってくるのは八月の終わり頃ですかね」

「それなら、まだ花火大会やってるところもあると思うよ」

花火大会かぁ。モテてモテて仕方がないこの人は、私がいない夏の間も、きっとデートの予定でいっぱいに違いない。

花火大会、結衣さんは一体誰と行くつもりなんですか、と、言いかけて、やめる。

結衣さんが、誰とデートしていたとしても別に良いはずだ。そんなこと、私が気にするようなことじゃない。

わかっているのに、なぜだろう。どうしても気になる。私がいない間、彼女は何人の女性とこうして手を繋いで、デートをするんだろう。

そんなことを考えると、胸の奥がもやもやとして、変な感じがした。理由なんて知らない。優しい結衣さんのことは大好きだけど、私は同性愛者ではないし、この気持ちは恋愛感情とは違う。そうは思うけれど、それなら一体、この感情はなんだというのだろう。自分のことなのに、全然わからなかった。

整った横顔を見つめる。みんな、彼女を欲しがってやまない。誰のものにもならないとわかっていても手を伸ばしたくなる気持ち、今なら、わからなくもないと思った。

こんなに魅力的な人、結衣さんの他に、私は知らない。

生まれて初めて観たシャチは、想像してたよりずっと大きかった。白と黒の巨体が、深くから急浮上して歓声と共に軽やかに飛び上がる。高く飛び上がったと思ったら、今度は思い切り水面に身体《からだ》を打ちつけるから、大きな音と共に想像以上の水の塊が、容赦なく頭上から降り注いだ。何度も何度も、水面に大きな尾びれを打ち付ける度に青空に水飛沫《みずしぶき》が上がって、太陽を反射してきらきらしてる。

あぁ、久しぶりの日本の夏だ、と思った。

歓声、というよりはもはや悲鳴に近い観客の声が落ち着いた頃。レインコートを着ていたのに、二人ともすっかりずぶ濡れになっていた。

「こんなにすごいんだね、びっくりしたぁ」

結衣さんが無邪気に笑って、濡れた前髪を掻《か》き上《あ》げる。

「大丈夫ですか？」

「大丈夫。水かけられるのは、慣れてるから」

先日、私が結衣さんに頭から水をかけたことをからかっているらしい意地悪な彼女の腕を、むっとして肘で突《つつ》く。

思っていたよりも結構濡れてしまったけれど、日差しがあるからあっという間に乾いてしまいそうだ。

「……しょっぱい」

「大丈夫？」

顔に飛んだ水滴を舐《な》めてしまって塩辛い。思わず、うぇと舌を出すと結衣さんが笑った。

「飲み物、買ってこようか？」

結衣さんはそう提案してくれたけど、私は左右に首を振る。

「イルカとアシカのショーもあるから、すぐに移動しないと」

「イルカとアシカも水かけてくるの？」

「それはシャチだけです。しかも夏限定。だから、来たかったんです」

レインコートを脱いで、結衣さんの手を取る。早く、と引っ張ると、立ち上がった結衣さんが私を見て柔らかく笑った。

「……ほんっと、かわいいね」

「な、何がですか？」

「なんでもない。行こ、次はイルカだっけ？」

繋いだ手を、引かれるように歩き出す。顔が火照《ほて》るように熱いのは、きっと日差しのせいに、違いない。


イルカ、アシカとショーを観て、たっぷり満足した後、ゆっくりと館内を観て回った。館内は薄暗いし人も多いから、はぐれてしまったら大変だからと、緩く絡《から》んだ指先が解けてしまわないようにきゅっと握ると、結衣さんが優しく微笑《ほほえ》んだ。

結衣さんの、この笑顔に私は弱い。なんでこんなに優しい瞳で私を見るんだろう。誰に対しても、そうなのかな。見つめられると、心臓が締め付けられるような感じがする。

大きなクラゲの水槽の前で、二人並んで椅子に座った。実は、結構クラゲも好きだったりする。ふよふよ浮かぶその姿は綺麗で、見ていて飽きない。

「水族館ってあんまり来たことなかったんだけど、楽しいね。ハマっちゃいそう」

「デートとかで行かないんですか？　日本には素敵な水族館、いっぱいあるのに」

「そもそも、デートする相手がいないもん」

いないわけないじゃないですか、嘘《うそ》つき。ぎゅう、と爪が刺さるくらいに、繋いだままだった手を強く握る。

「痛い痛い」

「相手なんて、いっぱいいるじゃないですか」

「そんなことない。かなただけだよ、デートするのは」

砂糖みたいに甘い言葉を、耳元でそっと囁《ささや》くから思わず睨《にら》みつける。わかってるんだから。結衣さんは誰にでも、同じことを言っているに違いないってこと。

「デートなんですか、これ」

「私はそのつもりだったけど、かなたは違った？」

そう言って意地悪く繋いだ手に視線をやるから、急に恥ずかしくなって手を引くと、呆気《あっけ》ないくらい簡単に、繋いだ手が解かれる。

「恥ずかしがらなくていいのに」

「……結衣さん、デートなんて言ってない。『お詫《わ》び』に連れてってくれるって、言ってませんでした？」

「そうだっけ？」

「……ほんと、調子がいいんだから」

照れていることに気付かれないように、思わず結衣さんからふいと視線を逸《そ》らした。確かに朝、デートみたいだな、と思ってしまったけど、そんなこと結衣さんには言えない。絶対に、からかわれるに決まっている。

十分にクラゲを楽しんだ後、立ち上がって歩き出す。私の後ろを結衣さんが続いた。この人と一緒にいて居心地がいいのは、歩くペースも、何もかも、全部私に合わせてくれているからだ。

早川くんと動物園に行った時に、自分より背の高い人と歩くと疲れるなと思ったけど、そうじゃなかった。だって、早川くんと結衣さんの身長は同じくらいだ。

結衣さんが、私に合わせてくれているだけだったんだと、今更ながら初めて気が付いた。

「そろそろお腹空《なかす》いた？　レストラン行く？」

私の隣に追いついた結衣さんが、そっと私の右手を取った。指先が絡む。

ねぇ、どうしてわかるんですかって、聞いてみたくなる。結衣さんって、本当は私の心が読めたりするんだろうか。まるで魔法でも使っているみたいだと思った。

レストランの席からは、水槽の中を優雅に泳ぐシャチを眺めることができた。このレストランで食事することも、私はすごく楽しみにしていた。

結衣さんはメニューを差し出して、何が食べたいかと聞いてくれたから、私はハヤシライスを頼んだ。シャチを象《かたど》って盛り付けられたライスが決定打。少し子供っぽいかなと思ったけれど、そんな私を結衣さんはからかうこともなく、にこにこと優しく見つめていた。

水槽から漏れる青い光に照らされながら、ゆっくりとした時間が流れていく。

「かなたは、シャチが好きなの？」

「シャチだけじゃなくて、海の生き物が好きなんです。イルカも好きだし、サメも好きだし……。結衣さんは今日観《み》た中で、何が一番気に入りましたか？」

そう問いかけると、結衣さんは顎に手を当てて、少し考えたあと、口を開いた。

「んー、そうだなぁ。アザラシかなぁ」

「ゴマフアザラシですか？　ワモンアザラシ？」

アザラシと言っても、色んな種類がある。どのアザラシのことを言っているのかわからなくてそう聞くと、結衣さんは笑う。

「斑点模様の方。だから、ゴマフアザラシかな？　そんなにすぐに種類が出てくるなんて、本当に好きなんだね」

指摘されて、ちょっと恥ずかしくなる。誤魔化すようにハヤシライスを口に含むと、結衣さんはそんな私を見て、また笑った。

丸一日水族館を満喫した頃には、繋《つな》いだ手はすっかり馴染《なじ》んでいて、いつの間にか気にならなくなっていた。

ここの水族館は敷地《しきち》が広くて、全て観て回るためには何度も外と中を行ったり来たりする必要がある。楽しくて、パンフレット片手に結衣さんを一日中連れまわしてしまったけれど、結衣さんは文句一つ言わずに付き合ってくれた。

そろそろ夕方になるっていうのに、海辺の風は相変わらず肌に張り付くように生ぬるい。それでも手を離すことなく、子供みたいに繋いだ手をぶらぶらと振りながら歩いた。

「ねえ、結衣さん。最後にお土産見ていきたいんですけど、いいですか？」

そう言うと、結衣さんは「いいよ」って笑って頷《うなず》いてくれた。せっかく来たんだから、何か思い出に残るものが欲しい。ショップのドアを開けると、冷たいエアコンの風が頬を撫《な》でた。

大きなシャチのぬいぐるみが、真っ先に目に留まった。

「わあ……かわいい」

思わずそう呟《つぶや》いたけれど……私の身体の半分ぐらいの大きさがある。これはちょっと、大きすぎるかもしれない。自室に置いたらかなり場所を取りそうだ。

それに、十九歳にもなってぬいぐるみを買おうなんて、子供っぽいだろうか。少しだけ不安になって、結衣さんを窺《うかが》い見《み》る。

「これ、欲しいの？」

結衣さんは私の視線の先にあるシャチのぬいぐるみを見つめた後、私を振り返ってそう尋ねた。

「……いえ、これはちょっと、大きすぎるかなって」

「そっか。確かに、ちょっと大きいよね」

あまり気にしてなさそうに結衣さんが言うから、少しだけほっとした。頷いてきょろきょろと店内を見渡せば、至る所にあるシャチのグッズが目についた。手を繋いだまま、ひとごみをすり抜けるように店内を歩く。すると、ちょうど膝に載るくらいのサイズのシャチのぬいぐるみを見つけて、立ち止まった。

おしくらまんじゅうしているみたいに陳列棚に肩を並べているのがすごくかわいい。繋いでいた結衣さんの手を離すと、そっと両手で一つ、小さなシャチを持ち上げた。ふわふわと指が沈み込むくらいに柔らかい手触り。プラスチックでできた黒い瞳はつぶらで、とてもかわいい顔をしていた。大きさも、ちょうどいい。

「かわいい」

思わずそう呟くと、結衣さんが私の顔を覗《のぞ》き込んで、優しく微笑んだ。

「この子、連れて帰りたい？」

私がこの子に心を奪われたことを、結衣さんは一瞬にして見抜いてしまったみたい。

「……結衣さんって、私が考えていること、わかるんですか？」

「だって、顔にそう書いてあるよ」

結衣さんはそう笑って言って、私が手に持つシャチのぬいぐるみをひょいっと取り上げた。

「あっ」

「せっかくだから、私が買ってあげる」

そう言って、私の目を見て結衣さんはにっこりと微笑んだ。

「えっ？　い、いいですよ。そこまでしてくれなくても……」

だって、今日の水族館のチケット代だって、ガソリン代だって、食事代だって、全部結

衣さんが出してくれた。さすがにそこまで甘えられない。もらいすぎだと思う。そう思ったのに、結衣さんは「いいから」と言って、シャチを持っていない方の手で私の手を取って引いた。

「他に、欲しいものある？　なんでも買ってあげるよ」

そう言われて、左右に首を振る。ここまでしてもらったら、それこそ本当に、デートみたいだ。そう思ってしまったから、少しだけ頬が熱くなる。

「あの、結衣さん」

「ん？」

「ありがとうございます……」

ぬいぐるみだけじゃなくて、今日一日、私に付き合ってくれたことも。すごく嬉《うれ》しかったって、言葉にしてちゃんと伝えたいのに、意地っ張りな性格が邪魔をして、うまく伝えることができない。

そんな私を見透かすように結衣さんは、「どういたしまして」と優しく微笑んだ。

日本に帰ってきたら絶対に行きたいと思っていた水族館を隅から隅まで心ゆくまで見て回って、今日は大満足の一日だった。

車に乗り込むと、さっき買ってもらったシャチのぬいぐるみを膝に載せる。エンジンが掛かると同時に吹き出してきた生ぬるいエアコンの風は、すぐに冷たくなって、火照《ほて》った身体《からだ》を冷ましてくれた。

「……今日、すごく楽しかったです」

「よかった。言ってくれたらどこでも連れてってあげるよ。水族館でも、動物園でも、遊園地でも」

「……迷惑じゃないですか？」

「そんなことないよ」

結衣さんの手が隣から伸びてきて、私の手をきゅっと握る。今日一日中繋ぎっぱなしだったのに、車内で、二人きりで、手を繋がれるとなんだか急に恥ずかしくなって、思わず結衣さんを見た。

「これで……許してくれた？」

結衣さんは、私の表情を窺うようにこちらを見ていた。そういえば、キスしたこと、謝らなくて良い、とは言ったけど、まだ許すとは言っていなかったっけ。

もうとっくに許していたからすっかり忘れてしまっていたけど、もしかして気にしてたのかな、ずっと。

「もう、怒ってませんよ。……むしろ、これだけしてもらって逆に申し訳ないくらいです。今日、本当に楽しかったから」

たった一回のキスのお詫《わ》びにしては、もらいすぎだ。私の唇にここまでの価値があるかと言われると正直、疑問に思う。繋いでいた指が解《ほど》ける。その手がすっと伸びてきて、優しく私の頬を撫でた。

夜の海みたいな深い色の瞳が、私を捉えて離さない。

「私も、楽しかった」

そっと、親指が私の唇を撫でる。ぐわっと急に心臓に血が集まってきて、どっくんどっくんと壊れたように音を立てた。その眼差《まなざ》しに見つめられると、呼吸も忘れそうになる。その瞳があまりにも綺麗《きれい》で。溺れてしまったみたいに、息も、できない。

「……かなた」

名前を呼ばれた。鼓膜に響くその声は、いつもよりもずっとずっと甘く、優しい色をしていた。

お願いだからそんなに優しい声で呼ばないで。

まるで愛《いと》おしくてたまらない、みたいな、そんな目で、私を見ないで。

手が、首の後ろに回って、引き寄せられる。結衣さんが身を乗り出して、距離が縮まった。キスされる、と直感でわかった。なんで、とか。そんなの考える暇も与えてくれないくらい、まるでこうすることが当たり前みたいに、近づく顔。

自然と、目を瞑《つぶ》りそうになったその時だった。あと数センチで唇が触れるというところで、急に着信音が鳴る。ピタリ、と結衣さんが止まった。

その音は、私のスマホからじゃない。結衣さんへの着信だった。至近距離で、目が合う。結衣さんは視線を車のナビに向けた。表示された番号を一瞥《いちべつ》すると、小さくため息をつく。そして手を伸ばして、ピッと「切」ボタンをタップした。

私に向き直った結衣さんが、また距離を詰めようとするから、少しだけ冷静になった私は、膝の上のシャチを結衣さんの顔に押し付けてそれを阻《はば》んだ。

「……かなた」

ぬいぐるみ越しに聞こえた不満そうな声に、少しだけ笑う。

「電話、出なくていいんですか？」

「さっきの、会社の人だから。今日土曜日だし、出る必要ない。後から掛け直すからいいの」

「それにしたって……一回目のデートでキスしようとするなんて、結衣さん、手早すぎ」

さっき、雰囲気に流されそうになった自分を棚に上げて、彼女を責めるようにじっと見つめる。正直、本当に危なかった。まだ心臓が、どきどきしている。

指摘すると、結衣さんがむっと拗《す》ねたように眉を寄せた。

「……じゃあ、何回目ならいいの？」

「そういう問題ですか？　もー、全然懲りてないじゃないですか……。本当に謝る気、あるんですか？」

窓から差し込む夕陽《ゆうひ》が、どうか赤くなった頬を誤魔化してくれますように。

今、キスを許してしまったら、多分私はもう彼女を拒否できない。それが少しだけ怖かった。自分でも知らない扉をこじ開けられてしまいそうで、怖気付《おじけづ》いている。

じーっと私を見ていた結衣さんだったけど、諦めたのか、ふーっと小さくため息をついた。そんなにがっかりしなくても、とちょっとだけくすぐったい気持ちになる。

色んな女の子とキスどころかそれ以上のことだってしてるくせに、キスできなかっただけでそんなに落ち込まなくても。

「……やっぱり、結衣さんって、何考えてるんだか、よくわかんない」

「そう？　かなたはわかりやすいよね。ちょっと複雑な時もあるけど」

ムッとする。複雑ってそれってつまり。

「……どうせ私は、結衣さんが嫌いな、めんどくさい女ですよ」

「え？　嫌いなんて言ってないでしょ？　むしろ彼女にするなら、かなたくらい感情がわかりやすい方が、かわいいと思うけど」

目を見つめられてストレートに言われて、面食《めんく》らう。

「……彼女、作る気ないくせに？」

「それは、そうなんだけど。でも、かなたのことは本当にかわいいと思ってるよ」

なんで、そんなこと言うの。心臓がドクドクと跳ねる。そんなことを言われたら、聞いてみたくなる。だって結衣さん、私のことはタイプじゃないんじゃなかったの？

「じゃあ、結衣さんは……」

「うん？」

「冗談じゃなくって……私のこと、抱けますか？」

結構な覚悟を持って放った言葉だったのに、その質問には答えずに結衣さんがぎゅっと私の腕を摑《つか》んで、引いた。もう一度顔が近づいて、結衣さんが目を伏せるから、キスされそうだと気付いて、慌てて手のひらでその唇を押《お》し止《とど》める。

「……結衣さん、だ、だめですってば……」

手のひら越しに恨めしそうな顔で見つめられて、顔から火が吹き出しそうになる。

「今のは誘われたと思った。違うの？」

「誘ってません！　ただ、確認しただけです！」

「ええ？　ひどいよ、弄ぶなんて」

弄んでいるつもりはない。ただ、私は結衣さんに「そういう対象」として見られているのかどうかを、確認したかっただけだ。

「……それで、どうなんですか？」

答えが聞きたくて、じっとその瞳を見つめる。自分にちゃんと魅力があるのか知りたい。前の彼とはセックスが原因で別れていると結衣さんにはもう知られているし、気持ちよくなれないって伝えている。

それでも、抱けるんだろうか。セックスが苦手な、つまらない女でも。不安を見透かすように、ふっと結衣さんが柔らかく微笑《ほほえ》んだ。

「さあ、どうだろう。してみないとわかんないなあ。試していい？」

その黒い瞳の奥が、笑っていて。あぁ、やっぱりまた、からかわれていると理解した。

「……結衣さん、私のことからかってばっかり」

「じゃあ、抱けるよって言ったら抱かせてくれるの？　かなたって、付き合ってない人と気安く寝るタイプには見えないんだけど」

それはあたりだ、と思う。そもそも異性と付き合う上で、セックスしたいなんて自分からは思ったことないんだから、わざわざ身体だけの関係を結ぶ必要性を感じない。付き合っているならまだしも、そうじゃない人のために苦痛を我慢するなんて無理だ。黙りこくってしまった私に、結衣さんが笑って言った。

「ほらね、からかってるのはどっち？」

私は結衣さんに、抱けると言って欲しかったのだと思う。でも、言って欲しかっただけで、今、結衣さんとそういうことをする覚悟はない。

やっぱり怖い。性別とか関係なしに、がっかりされるだけだと思うから。自信が、ない。失望されたくないと思う気持ちの方がずっと強い。

多分、それを全部わかっている結衣さんの答えは――私のことは抱けない、ってことなのかな、と思った。

むすっと俯《うつむ》いてしまった私の機嫌を取るように、結衣さんは笑って、繋《つな》いだ手をすりすりと撫《な》でる。

「かなた、拗ねないでよ」

「……拗ねてません。ただ、それならどうして私にキスしようとするんですか。結衣さんって、やっぱり誰にでもこういうこと、してるんでしょ。女の子なら、誰でもいいんだ」

「そんなことないってば」

薄く笑って、結衣さんはむくれた私の頬をそっと撫でる。

「ねぇ、かなた。……本当に、キスしちゃだめ？」

「……だめです」

もう何を言われても、覆《くつがえ》さない。左右に首を振れば、結衣さんは、ふう、と小さく息を吐いて、諦めたように笑った。

「そう……わかった」

そっと手を取られたと思ったら、ちゅ、と手の甲に唇を押し当てられる。呆気《あっけ》に取《と》られてぽかんとその様子を見ていたら、結衣さんが、私の目を真《ま》っ直《す》ぐに見つめて、くすりと笑った。

「……今日は、これで我慢してあげる」

いよいよ顔が真っ赤に染まる。これはもう夕陽なんかでは隠しきれないと悟って、慌ててそっぽを向く。

「さ、帰ろっか」

結衣さんは、何事もなかったかのようにハンドルを握った。私の鼓動はずっと激しいまま、車は、家に向かって走り出す。

来週、私は家族のいるイギリスに帰らなきゃいけない。たったの三週間だ。だけど、その間にこの人は何人の女性とキスをして、夜を共に過ごすんだろう。考えるだけで、どろどろとした感情が胸の奥に澱《よど》んでいくのがわかった。

結衣さんと出会う前の自分がどうやって暮らしていたのかすら、もう思い出せない。少しだって離れたくないと思うなんて、今の私はきっと、どうかしている。

第6話　あんまりかわいいこと言わないで

「羽田から直行便出ててよかったね。成田《なりた》だったら前泊しないと無理だったかも」

早朝。私のスーツケースを車のトランクに詰め込みながら、結衣さんが笑った。荷物は着替え数枚と、シャチのぬいぐるみ。「嵩張《かさば》らない？」と結衣さんに言われたけど、無視してスーツケースにぎゅうぎゅうに詰め込んだ。シャチはいる。抱きしめる何かがないと、寂しくなりそうだから。

水族館に行ってからの一週間なんてあっという間で、気付けば出発の日。日本の夏、この蟬《せみ》の声とも、しばしのお別れになる。

車に荷物を積み終わったあと、結衣さんが助手席のドアを開けてくれたから、彼女の愛車に乗り込んだ。

ガレージがあるおかげなのかもしれないけど、結衣さんの車はいつもピカピカだ。お兄さんからのお下がりらしいその車は、大学生が乗るには少し高級すぎる気がするけど、結衣さんだから似合ってしまう。曰《いわ》く、「雪にぃは車好きだから、しょっちゅう買い替えてる」らしい。

車は、緩やかに空港に向かって走り出す。大荷物になると電車での移動は大変だ。まだ会ったことがない結衣さんのお兄さんに、心の中で感謝した。

日本に帰ってきたばかりの時は、ホームシックで寂しくて寂しくてたまらなかったのに、今は少しでも長くここに留《とど》まりたいと思ってる。そう思うようになったのは、間違いなく右隣のこの人のせいだ。

朝日に照らされる結衣さんの横顔を見つめる。車を運転している時の彼女の横顔と、ハンドルを持つ手が好きだなと思ったのは、この間水族館に連れていってもらった時だった。日本にいられたら、もっと色んなところに連れていってもらえたはずだったのに。刻一刻と時は迫る。お父さんもお母さんも弟も大好きだけど、でも今は――。

「……帰りたくないなぁ」

ぽつりとそう呟《つぶや》くと、結衣さんが笑った。

「なんで？　ロンドンって日本より涼しいんでしょ。夏はこっちよりも過ごしやすいんじゃない」

「そういう問題じゃないんです。久しぶりの日本の夏なのに、花火も見られなかった」

「帰ってきたら、花火大会一緒に行く？」

満喫したい。

「……いいんですか？」

「うん、約束」

大学生の夏休みは長い。バイトをそんなに長く休めないからと理由をつけて、帰省は三週間だけにした。航空券だって安くない。わかっているけど、私だって大学生の夏休みを満喫したい。

色んなところに行ってみたい。結衣さんと、二人で。この間の水族館みたいに。

離れるのを私は寂しく思うけど、結衣さんはどうかな。久しぶりの一人暮らしで、ゆっくりできて嬉《うれ》しいかな。

何を考えているのか全然わからないその綺麗《きれい》な横顔を、ずっと見つめていた。

もう少し、わかりやすかったらいいのに。頭のいいこの人は、感情を隠すのも本当に上手だから、まるで間違い探しみたいに神経を集中しないと、真意に辿《たど》り着《つ》けない。

「……お土産、何が良《い》いですか？」

「んー、ロンドンって何が有名？」

「紅茶……は家にいっぱいあるし……」

「確かに、いっぱいあるよね。なんでも良いよ？」

アフタヌーンティー用に私が集めてる紅茶はキッチンに常備している。そもそも結衣さんはコーヒー派だから、紅茶をもらっても嬉しくないだろうな。時間はたっぷりあるだろうし、帰ってから結衣さんが気に入りそうなものをゆっくり探そうと決めた。

羽田空港は思ったより近くて、心の整理がつかないまますぐに着いてしまう。あまりにも名残惜しくて、成田にすればよかったと少しだけ思った。

駐車場に着くと結衣さんがトランクからスーツケースを取り出してくれた。いよいよ、お別れの時間が近づいてくる。

「ロンドンまで、何時間かかるの？」

「大体、半日位ですね……」

今年の三月、初めて結衣さんに会った時も、羽田空港だった。あの時は不安でいっぱいで、本当に家族から離れてよかったのか、日本の大学を選んでよかったのかと飛行機に乗る直前まで、うじうじしていた。後悔したところで、決めてしまったことを覆せるわけでもないのに。結衣さんともうまくやれるか、最初はすごく不安だった。

お父さんは、「僕の親友の娘だから絶対に気が合うはずだよ」と自信満々に言っていたけど、家族以外と一緒に暮らすなんて初めてのことだったから。今思えば、杞憂《きゆう》だったけど。

最初、かの有名な一ノ瀬ホールディングスの社長令嬢だと聞いていたから、ステレオタイプのお嬢様を勝手に想像していた。だけど空港に現れた彼女は、そんな私の想像を色んな意味で大きく裏切った。お金持ちのお嬢様だから、ワンピースとか着て、お連れの人とかもいるのかな? なんて思っていたけど、いくら空港を見渡してもそんな人はどこにもいなくて。

事前に聞いていた番号に電話を掛けると、黒いキャップを被《かぶ》った女性が私に向かって手を振ったから、心底驚いたのを覚えてる。そう、確かこの間水族館に行った時も同じスニーカーを履いていたっけ。

ラフな格好をしていたのに、艶のある長い黒髪と、あまりにも整いすぎている顔立ちに、唖然《あぜん》とした。こんな美人、見たことないと思った。

運転手もつけずに、兄のお下がりだという黒い高級セダンで現れた彼女は、当初予想していたイメージとは全く違い、はっきり言って、やんちゃそうに見えた。その時、ネイルも真っ黒だったし。

第一印象とは結構当たるものだなと、今になれば思う。でも、女性が好きだということは、正直最初は、全然見抜けなかった。

チェックインを済ませて、いよいよ身軽になると、急にそわそわしてくる。結衣さんといると時間が進むのがものすごく速く感じられた。もう行かないと。でも、離れたくない。

保安検査場の前で立ち止まって、結衣さんを振り返る。見送りはここまでだ。結衣さんは、この向こうには行けない。そっとその手を取って、彼女を見上げる。ひたすらに優しいその黒い瞳が、私を見ていた。なぜだろう、今、無性に抱きしめて欲しい。そんなこと、人前ではできないって、わかってるのに。

「……電話、しますね」

「うん」

「絶対に、無視しないで出てください」

「そんなことしないよ」

「女の子と居ても、ですよ？　私の電話、優先してくれますか？」

「当たり前でしょ」

「……結衣さんからも、たまには連絡ください」

「もちろん、連絡するよ」

「…………やっぱり、帰りたくない」

困らせるようなことを言っているのはわかってる。結衣さんが笑って、繋《つな》いでない方の手で私の頬を優しく撫《な》でた。

「……かなた、あんまりかわいいこと言わないで。本当に帰したくなくなっちゃう」

離れたくなくて手を離せないでいる私を諭すように、ぎゅっと手を握られる。

「……日本に帰ってきたら、また迎えに来るから。気をつけて行ってきてね」

こくんと頷《うなず》くと同時に、離れる手。

「いってらっしゃい」

「……いってきます」

名残惜しくて、振り返りながら何度も手を振った。時差があるから、日本が夜なら、あっちは昼だ。それでも電話する。絶対に。私がいない間、どうか他の子と遊ばないで。そんなことを言う権利なんかないけど、そう、願わずにはいられなかった。

飛行機が飛び立つ。高度を上げて雲を突き抜けたところで、どうしようもないほど結衣さんを恋しく思った。

へんなの。離れたばかりなのに、もう会いたい。

飛行機の窓にコツンと頭をぶつける。最近の私は絶対におかしい。どうかしちゃったのかもしれない。理由なんて知らない。わからない。だってこの気持ちをなんと呼べば良いのか、誰も教えてくれないから。

◇◇◇

時差ぼけが治り、朝日と共に目覚められるようになったのは、帰省してから数日後のことだった。

暮らし慣れた自室のはずなのに、なんだかしっくりこない朝。目が覚めて真っ先にベッドサイドのスマホをとると、メッセージが一件入っていた。

私の「おやすみなさい」は、結衣さんにとっての「おはよう」になる。すれ違いながらも、毎日メッセージのやり取りは続いていた。

おはようございます、とメッセージを返すけど、日本の時間はこっちより進んでいるから、あっちはもう夕方か。気を紛らわすために、枕元にいたシャチのぬいぐるみをギュッと抱きしめる。あぁ、この子を連れてきて本当によかったと思った。

起きてからしばらくして朝食も取らずにゴロゴロしていると、コンコン、と自室のドアをノックする音と共に、ひょっこりとお父さんが顔を出した。いつもオールバックにセットしている髪が、今日は違う。どうやら今日は休みだったらしい。夏休みに入ってから、曜日感覚がすっかり狂ってしまった。

「お昼ご飯、一緒に食べよう」

にこにこと嬉しそうなお父さんに少しだけ笑って、ベッドから起き上がる。そうだ、時差ぼけに苦しんでいてすっかり忘れていたけど、色々とお父さんに聞きたいことがあったんだった。

「結衣ちゃんとはしばらく会えてないけど、もうすぐ二十一歳になるんだね。最後に会った時はあんなにちっちゃかったのになぁ」

食後の紅茶を楽しみながら、お父さんは懐《なつ》かしむように目を細めた。

「お父さん、結衣さんに会ったことあるの？」

びっくりして聞き返す。

「最後に会ったのは、冬人《ふゆと》の奥さんのお葬式の時だから、もう十年以上前になるけどね」

冬人、というのは結衣さんのお父さんのことだ。結衣さんは、シングルファザーの家庭で育ったと言っていた。薄々気付いてはいたけど、死別だったのかと胸の奥がちくりと痛む。

「……十年以上前って、いつ？」

「雪哉《ゆきや》くんが小学六年生で、結衣ちゃんが一年生の時だから……」

「十四年前……？」

「もう、そんなに経《た》つのか」

　雪哉くん……っていうのは、結衣さんに車を譲ってくれたお兄さん、「雪にぃ」のことだろう。バラバラだったピースが一つずつ、繋がっていく。

「綺麗になっただろう、結衣ちゃんは」

「……見てないのに、なんでわかるの？」

「冬人の奥さんは本当に綺麗な人だったからね」

　確かに、結衣さんのあの顔の元となった人だから、それはそれは綺麗な人だったに違いない。

「……結衣さんのご両親って、どんな人？」

「写真あるよ、若い頃のだけどね。見る？」

　そう言って、お父さんは棚から手帳を取り出して、挟んでいた一枚の写真を手渡してくれた。少しだけ時代を感じるその写真に写るお父さんは、二十代ぐらいだろうか。その隣に男女が肩を寄せ合って写っていた。この二人がきっと、結衣さんのお父さんとお母さん。

「大学生の時だよ」

「結衣さんに、そっくり……」

写っていた女性に目を奪われる。この人が結衣さんのお母さん。微笑《ほほえ》んだ時の優しい目元なんか、まるで生き写しのようだ。

「……二人は親同士が決めた結婚だったけど、冬人の方が一方的にベタ惚《ぼ》れだったんだ。乗り気じゃない彼女をあの手この手で口説き落として……僕も、ずいぶん手伝わされた」

結衣さんのお父さんも、精悍《せいかん》な顔立ちをしている。私のお父さんがゴールデン・レトリーバーなら、結衣さんのお父さんはドーベルマンみたいな凛々《りり》しさがある。

この人が、風邪を引いた幼い頃の結衣さんのために激マズなお粥《かゆ》を作ったのかと思うと、クスッと笑いが込み上げてきた。

「三十代で彼女を失って、男一人で子供二人抱えて生きていくなんて無謀だって、みんな再婚を勧めたんだけど……結局、恋人すら作らなかった。一途《いちず》で不器用な男なんだよ。そのせいで、雪哉くんも結衣ちゃんも、苦労したと思うけど……」

結衣さんのお父さんは、本当に一途な人らしい。どうしてそこは結衣さんに遺伝しなかったのだろうと悔やまれる。

「そうだ、雪哉くんにはもう会った？」

「ううん、まだ会ったことない。そういえば結衣さん、お兄さんはお父さんと仲が悪いって言ってたよ。自分で会社を立ち上げて、独立しちゃったって」

「そうか、まだ和解してないのか。まぁ、雪哉くんの頑固なところも、冬人の血なんだろうけどなぁ……」

「ねえ、お父さん。ってことは、会社は結衣さんが継ぐってことなのかな？」

お兄さんがお父さんと不仲で独立してしまっているということは、必然的に後継者は結衣さんしかいない。だから毎月食事会と称して、会社の人とも会っているんだろうか。入社する前から。

誰にでも優しくて人当たりのいい結衣さんが、珍しく会うのを嫌がっていたから強く印象に残っている。お父さんの会社に入社するのが、嫌なのかな？　本当はやりたいことが別にあるとか？

全然わからない。想像もできない。結衣さんは、肝心なところはいつもはぐらかして、教えてくれないから。

「さあ、冬人とはそういう話はあまりしないからなぁ。あ、そうそう。かなたと結衣ちゃんのルームシェアの話だって、冬人のおかげなんだよ。僕の娘も結衣ちゃんと同じ大学に行くからって言ったら、それなら一緒に住んだらいいって言ってくれたんだ」

てっきりお父さんから打診したのだとばかり思っていたのに、結衣さんのお父さんのおかげだったとは。でも、そこでふと思う。自分の娘が同性愛者だと知っていたとしたら、同性の私とルームシェアさせようなんて申し出たりはしないだろう。結衣さんは、大学では自分のセクシュアリティを一切隠していないから、家族に対してはどうなのかなとちょっと疑問に思っていたけど、やっぱり、お父さんには言っていないんだ。

「かなたと結衣ちゃんが仲良くやってるみたいでよかったよ」

お父さんがそう言って嬉《うれ》しそうに笑うから、結衣さんのお父さんとは本当に仲が良《い》いんだなと思う。あのドーベルマンみたいな人と、ほんわかしたタイプの私のお父さんが親友だなんて、なんだか不思議な感じもするけど。

「うん。一緒に暮らすのが結衣さんでよかった」

心から、そう思う。もし他の人だったら、ずっとイギリスに帰りたいと泣いていたかもしれない。

◇◇◇

お父さんと結衣さんの話をしたら、なんだか無性に声が聴きたくなった。メッセージのやりとりだけじゃ物足りない。つい一週間前はすぐそばにいて、顔を見て話ができて、触れることができたのに。自室に戻ってベッドに腰を下ろすとスマホを握りしめる。出てくれるかな。そう期待して鳴らした電話は、数コールであっさり繋がった。電話越しに風の音が聞こえる。遠くで微《かす》かに音楽が鳴っているのがわかった。

『かなた？』

ずっと聴きたかった、私を呼ぶ優しい声。胸の奥がくすぐられるような気持ちになる。

「結衣さん、外にいるんですか？」

『うん、飲みに来てた。うるさいかなと思って、今外出たとこ』

「ふーん……」

あのバーだろうか。前に結衣さんを迎えに行った記憶が蘇《よみがえ》る。

『かなたは、何してたの？』

「家でのんびりしていました。丁度お昼ご飯を食べ終えたところです」

『そっか。時差ってすごいね。こっちは夜の十時だよ』

「……土曜日なのに、今日は、映画観《み》ないんですね」

土曜の夜だから、結衣さんは家で映画を観ているとばかり思っていた。最近はいつもそうだったから。週末はソファに座る結衣さんの足の間に潜り込んで、ぎゅっと抱きしめてもらいながら映画を観るのが、最近の楽しみだった。

『んー、うん。かなたがいないと集中できなくて』

普通、逆じゃないだろうかと首を傾《かし》げる。

『……抱きしめてないと、落ち着かない』

あぁ、それはわかると思った。そうか、この家に帰ってきた時にやけにしっくり来なかった理由がやっとわかった。一緒にいる時はずっとくっついていたから、一人で部屋にいると、寂しいんだ。

改めてよく考えてみると、最近の私たちの距離感はおかしい。

一般的に、ただの先輩後輩の関係では、あんなに四六時中密着したりしない。結衣さんのせいで全く疑問になんて思っていなかったけれど……離れてみて、わかることもあるものだ。

シャチのぬいぐるみを、ぎゅっと抱きしめる。

朝までは連れてきてよかったと思っていたけれど、この子は結衣さんに預けるべきだった。私の代わりにしてくださいと言ったところで、結衣さんが夜遊びもせず健気《けなげ》にぬいぐるみを抱きしめて待っていてくれるかどうかは、正直ちょっとわからないけど。

女の子とセックスするのが趣味みたいなこの人を縛り付けておくなんて、それこそ手錠でもないと絶対に無理。もやもやとした感情が、胸の奥に渦巻いていく。

『あっ、結衣さん。こんなところにいた！　ここで何してるんですか？　早く戻ってきて

くださいよ』

突然、酒に酔ったような女性の声が電話口に聞こえて、思わず押し黙る。近づく声の距離感的に、ずいぶん密着していると気付いて、眉間に深く皺《しわ》が寄る。

『……大事な人。大事な人と電話してるから、またあとでね』

『わかりました。結衣さんがそう言い切ったことに驚いたけど、その子が少しの間を置いて大事な人。待ってますから絶対戻ってきてくださいね』と、簡単に引き下がったことの方にもっと驚いた。これが結衣さんの好きな「めんどくさくない子」というやつか。もし、私だったら絶対に引き下がらなかった。……なんだか、負けた気がする。

「……邪魔してすみません。もう切りますね」

『え、なんで？　切らないでよ。かなたの声、もっと聴かせて』

「……今日は、さっきの子の家、泊まるんですか？　結衣さんのバカ。すけべ。女たらし」

『ええ？　なんでそうなるの』

「……だってさっきの子、絶対結衣さんの好きなタイプでしょ」

拗《す》ねるように言ってしまうのをやめたくてもどうしても気持ちが落ち着かない。責めたくなってしまう。どうして一途に恋愛しないの？　この人は。

『見てもいないのに、どうしてそう思うの？』

「だって、めんどくさいタイプじゃ、なさそうだった」

『あー、それは確かに。めんどくさくないし、一回ぐらい寝てもいいかも』

電話越しに、結衣さんが笑う。

「……もう切ります」

『ごめんごめん、冗談だよ。……かなたに妬《や》いて欲しかっただけ』

だとしたら、その企《たくら》みは見事に成功だ。顔が見えもしないその女の子と結衣さんが抱き合う姿を勝手に想像して、今、心から憤《いきどお》っている。

『かなたがいないと寂しい。ずっと一人で暮らしてきたのに、おかしいよね。家に帰るの、嫌だなぁ……』

「寂しいからって、今日はあの子と一晩過ごすんですか？」

『んー、どうしよう。……かなたはどうして欲しい？』

「なんで私に聞くんですか……意地悪」

そんなの、聞かずとも答えは一つに決まってる。わかっているくせに。そういうところが結衣さんの悪いところ。ふふふ、と電話越しに笑う声が聞こえる。なんか結衣さん、結構酔ってるみたい。アルコールに強いくせに、一体どのぐらい飲んだのやら。意外と結衣さんも寂しがりなんだなとちょっとだけかわいく思った。

「……ねぇ、結衣さん」

『なあに』

「私より、かわいかったですか、さっきの子」

『んーん、そんなことない。かなたが一番かわいいよ』

「本当に？」

『嘘《うそ》ついて、どうするの』

アルコールにあてられていつもより柔らかい結衣さんの声が耳元から囁《ささや》かれるように聞こえてくる。この人は、こういう人だ。目の前の女の子に一番に優しい、嘘つきな人。こんな風に聞けば、真意はさておき「あなたが一番」と言ってくるに違いないと、わかっていて聞いた。

「……じゃあ、だめ。私よりかわいくない子を抱く必要ありますか？　今日は真《ま》っ直《す》ぐ家に帰ってください」

苦し紛れに絞り出すように言えば、あはは、と結衣さんが電話越しに笑ったのがわかった。抱くという言葉の意味は、ただ抱きしめるだけじゃ終わらないってわかってる。家に行ったら、そういうことするんだって。同性愛者の結衣さんが女性に向ける「好き」は、そういう「好き」だ。

あの優しい唇が、整った指先が、別の誰かの柔肌《やわはだ》の上を滑るところを想像するだけで、胸を掻《か》きむしりたくなるほど嫌な気持ちになる。

『……わかった、今日はもう帰る。かなたの声も聴けたし、満足した』

やけに上機嫌な結衣さんの声がして、ホッと胸を撫《な》で下《お》ろす。

「私は電話じゃ満足できません。……早く、結衣さんに会いたい」

思わず本音が溢《あふ》れる。まだ一週間しか経《た》ってないのにって笑われるかと思ったのに、電話の向こうから聞こえたのは、優しい優しい声だった。

『……私も、会いたいよ』

誰にでも、優しく、甘く、愛を囁くその唇が恨めしい。

『……かなたって、悪い子だね。あんまり思わせぶりなことばかり言わないで』

「どの口が言うんですか……」

私は至って真面目に気持ちを伝えているだけなのに。あんなに清楚《せいそ》で誠実そうなご両親から、よくもまあこんな稀代《きたい》の女たらしが生まれたものだ。

「……結衣さんって、突然変異としか思えない」

『何それ、どういう意味？』

「なんでもないです」

不思議そうな彼女の様子に笑って、おやすみなさい、とありったけの気持ちを込めて囁いた。どうか明日《あした》も明後日《あさって》も、あなたが私だけを想《おも》って眠りについてくれますように。

第7話　じゃあ、花火終わったら、する？

次に帰ってくるのは、年末になるだろうか。長かった三週間の帰省を終え、私は今、羽田行きの飛行機の中にいた。日本に着くのは明日の夕方になる。長いフライトは相変わらず慣れないけれど、五ヶ月前と違って気持ちは晴れやかだった。

闇夜に浮かぶ街の明かりを見下ろしながら、空港でお母さんにそっと耳打ちされた言葉を思い出す。

——そんなに急いで帰りたがるなんて、もしかして、新しい彼氏でもできたの？

慌てて違うと首を左右に振ったけれど、お母さんはにこにこ笑って「お父さんには言わないでおくね」と、取り合ってくれなかった。本当に違うのに、そんなに浮かれているように見えたんだろうか。自分のことなのに、自分でもよくわからない。結衣さんは、女の人なのに。なんでこんなに恋しく思うんだろう。なんでこんなに、会いたいと思うんだろう。優しいから？　綺麗《きれい》だから？　甘やかしてくれるから？

全部が当てはまっている気もするし、全部が違うような気もする。彼女が私を特別だと言うように、私にとっても結衣さんは、確かに特別な人になっていた。でも、私の思う「特別」と、結衣さんの思う「特別」は、同じなんだろうか。いくら考えたところで一人で答えなんて出せるはずもなく、ただ雲の上を行く飛行機に身を任せながら、目を閉じる。誰かに相談できたらいいけど、言葉にしてしまったらそれこそ本当に、何かが変わってしまう気がしていた。

夕陽《ゆうひ》が差し込む滑走路に飛行機が着陸する頃には、すっかりくたくたになっていた。十二時間以上座りっぱなしは、さすがに長い。

通信機器の利用制限が解除されたところで機内モードをオフにすると、メッセージを受信した。「到着出口の前で待ってる」というシンプルなメッセージに、自然と口角が上がる。

スーツケースを受け取って、急ぎ足で結衣さんのもとへと向かう。待ち合わせは五ヶ月前と同じ場所。だけど気持ちは、何もかもが違う。出口を抜けると、手を振る結衣さんを視界に捉えた。はやる気持ちが私の背を押して、自然と小走りになる。

「おかえり、かなた」

スーツケースを手放して、両手を広げた結衣さんに駆け寄るように抱きついた。首筋に擦り寄ると柔らかくて甘い結衣さんの匂いがして、胸の奥がきゅっとなる。あぁ、いい匂い。第三ターミナルは国際線だし、ハグなんて、別に誰も気に留めやしない。躊躇《ためら》いもせず、ぎゅうっと苦しいくらいに抱きしめられて、空いた隙間がぴったり埋まると、からっぽだった心が急速に満たされていくのを感じた。

「会いたかった」

耳元で、嬉《うれ》しそうな結衣さんの声がする。私の方が多分、ずっとずっと会いたかった。悔しいから絶対に、言わないけど。そっと腕が緩んだから身体《からだ》を離して結衣さんを見上げると、優しい瞳が私を見ていた。

「お腹空《なかす》いたでしょ、ご飯食べて帰ろっか」

うん、と頷《うなず》くと、結衣さんは私が放り出したスーツケースの取っ手を摑《つか》んだあと、空いた方の手で私の手を握ったから、私もギュッと強く握り返した。

◇◇◇

行きは成田《なりた》にすればよかったと思ったけど、帰りは羽田にしてよかったと思った、そんな夜。三週間ぶりに結衣さんの家に帰って早々に、リビングにも辿《たど》り着《つ》けないままに腕を引かれて抱きしめられた。背中が廊下の壁に押し付けられて、少し痛む。私と同じくらい、寂しいと思ってくれていたのかな。そっと腕を回して、その背中を撫でてみる。

「ふふ……今日は結衣さんの方が、甘えん坊ですね」

結衣さんはスキンシップが多いけれど、私を抱きしめる腕はいつもこんなに強くはなかったし、もっと優しく、包み込むような温かさがあった。

「……すごく会いたかった」

耳元で囁くようにそう言われて、ほんの少しぞくりと背筋が震える。壁に押し付けられて、閉じ込められるように抱きしめられていて、その腕は強く私を捕らえて離さない。

「結衣さ……っ！」

名前を呼ぼうとした声が思わず震えたのは、耳のふちに唇を押し当てられたのがわかったからだ。頭で理解する前に身体が反応して、肩を押し返そうとした腕を、呆気《あっけ》なく摑まれて壁に押し付けられる。耳朶《みみたぶ》を柔く噛《か》まれた瞬間、ぞくぞくと言葉にできない痺《しび》れが走った。

やめて、と言おうとして、たまらずに甘えた声が出てしまいそうになってきゅっと下唇を噛んで目を瞑《つぶ》る。

「……ねえ、かなた」

過剰に反応した身体がぴくりと震える。お願いだからそんなに耳元で、囁かないで。

「こっち、向いてよ」

甘く柔らかい声が、鼓膜に響いて思考を鈍らせる。こんな近距離でそっちを向いたら、目が合ってしまう。そうしたら、何もかもなし崩しに受け入れてしまう気がした。私が思い悩むあれこれに、簡単に名前を付けられてしまいそうで怖かった。声が震えないように、大きく息を吸う。

「結衣さん、何、する気ですか？」

そっと彼女の左手が私の頬を撫でた。おかげで拘束されていた腕は解放されたけど、彼女の唇が私の首筋に優しく押し当てられて、よくわからない熱が私の身体を支配する。お腹の奥に熱が灯《とも》るようだった。

身体が密着しているせいで私の反応がバレてしまうことがどうしても恥ずかしくて、唇を噛みながら弱々しく肩を押す。今度は少しだけ距離ができて、結衣さんの黒い瞳とばっちりと目が合ってしまった。

「……キスしたい。だめ？」

今までとは違う、真剣な眼差しでストレートに言われて、がんと殴られたような衝撃だった。頭の中にぐるぐると巡る疑問。私のことは、タイプじゃないんでしょ？　だから、私のことは、抱けないんじゃないんですか？

わからない。結衣さんにとって、キスってどういう意味を持つのか。どのぐらいの「愛情表現」なのか。少なくとも私は、恋人としかそういうことはしない。でも、結衣さんは違う。そこには明確な意識の違いがある。勢いに流されて素直に受け入れてしまったら、地獄を見ると思った。この人に生半可な気持ちで触れてしまったら、本当に、やけどじゃすまない。

「そう、言われても……」

「ね、いいじゃん。もう一回してるんだし、それに、嫌じゃないんでしょ？」

答えを待たずに顔を近づけてきたから、慌てて手のひらでその唇を押しとどめる。じとりと不服そうな視線が刺さるけど、私は結衣さんと違って、その場のノリと勢いでキスできるほど遊び慣れていなかった。

「……かなた」

「この子押せばいけるって思われたら終わり……なんですよね？」

いつだったか結衣さんに忠告された言葉を思い出す。私が押しに弱いって、この人はもう知っている。だからこんなにぐいぐい来るんだ、絶対そう。結衣さんが形の良《い》い眉を寄せてむっとした。不満そうな顔をしてもやっぱり綺麗だな、とその場に似合わぬことを思う。

「……キスされたのが嫌だったんじゃないって言ってたのに、嘘《うそ》じゃん……」

「嘘じゃないですよ、それは本当です」

じゃあなんでと言われそうだったから、そう言われるまえに、私より少し身長が高い結衣さんの肩に手を置いた。

「……結衣さんって、誰にでもこんなことしてるんでしょ？　それがムカつく」

「いや、誰にでもってわけじゃ……」

「じゃあ、私がいない間、何人とキスしたんですか？　教えてください」

聞けば、一瞬結衣さんの目が泳いだ。ああ、やっぱりだ。この人の悪癖を抑えつけるには、それこそ本当に手錠が必要かもしれない。

「……ほら、やっぱり。誰でもいいんじゃないですか、すけべ」

突かれたくないところを突かれて、怯《ひる》んだ結衣さんの腕から逃れる。正直心臓がばくばくしていたし、もう少し押されていたらやばかったかもしれないと思ったけど。壁に手をついていて、肩を落としてため息をつく結衣さんを横目に、リビングへ向かう。

この際、女性とか男性とか、私が彼女を好きかどうかは置いておいて。私は、私を「一番」に想ってくれるだけじゃ足りない。二番や三番なんていらない。私だけを想ってくれる人じゃなきゃ、そう簡単にこの身を差し出したりはしない。今のところは……そのつもり。

結衣さんだって知っていると思うけど、私は結構わがままだ。そんな私に触れたいと思うなら、あなただって——それなりの誠意を、見せるべきだ。

◇◇◇

日本に帰ってきてから、習慣と化していた週末の映画鑑賞を再開して、久しぶりにその足の間に潜り込んだ夜のこと。

「今日は、何観《み》るんですか？」

「んー、何観たい？」

プロジェクターの電源を入れると、少し遅れて映像が浮かび上がる。

私のお腹に回った腕がぎゅうぎゅうに抱きしめてくるからちょっとだけ苦しくて、抗議するようにその手をつねると、より強く抱きしめ直されてしまう。

文句を言おうとした瞬間、Tシャツから覗《のぞ》く首筋に唇が押し当てられたのがわかって、言葉を紡《つむ》ごうとしたはずの喉がひゅっと音を立てた。確かに、彼女にハグしてもらうためにその腕の中に潜り込んだのは、私だった。でも、ここまでして欲しいとは一言も言っていない。

「結衣さん、ちょっと……くすぐったいです。ねぇ……！」

この間キスを断った腹いせなのか、抗議の言葉を無視して耳の後ろにもキスをされて、ぶるりと身体が震える。これはもう、明らかに先輩後輩のスキンシップの域を超えている。恋人のそれだ。

「結衣さんってば……！」

「なぁに」

「くすぐったい、です」

「唇じゃないんだし、これぐらい許してくれてもいいじゃん」

ちょっとだけ、不満そうな声が後ろから聞こえてくる。予想通り、彼女はキスを拒んだことをまだ根に持っているらしい。

私の長い髪をそっと片側に掻《か》き分けて、うなじに唇を押し当てられた時には、もう泣きそうだった。普段触れられることも滅多にないようなところに触れてくるから、過剰に反応してしまうことが、恥ずかしくてたまらない。

「ずっとこんな悪戯《いたずら》するつもりなら、もう、映画観なくていいです……」

「それはだめ。一緒に映画観るの、ずっと楽しみにしてたんだから」

お腹に回った手を外そうともがく私に気付いて、結衣さんは呆気ないほどあっさりとその悪戯をやめる。肩に顎を乗せられたのがわかって、ようやく落ち着いて後ろに体重を預けることができた。

「じゃあなんで、こんなことするんですか……」

「かなたがかわいくて、たまらないの」

そう言われてしまったら、なんて言い返せばいいのかわからなくなる。かわいい、という言葉には色々な意味がある。恋愛的な意味なのか、愛着があるという意味なのか、真意はまるでわからない。

「……結衣さん、そんなに私のこと好きなんですか？」

本当に、そうだと思って聞いたわけじゃない。でも、あまりにも結衣さんの気持ちが読めないから、思わず口をついて出てしまった。

別の誰かと二人きりの時にも同じような態度を取っているのかは私にはわからない。結衣さんと関係のある女性に聞いてみないかぎり、そんなことは一生知り得ない話だ。嫌われているとは思えない。でも、自分だけが特別好かれている、と自惚《うぬぼ》れることもできない。

少しでも、彼女の感情の機微を感じ取りたくて、後ろを向く。すると、不思議そうに首を傾《かし》げる結衣さんと目が合った。

「うん、好きだよ」

当然だと言うように、あっさりと認めた彼女に、心臓が止まりそうになった。そうだ、この人は、こういう人だった。頭を抱えたくなる。結衣さん相手に言葉で確認することに意味なんてない。知っていたはずだったのに。

「かなたは特別だよって、いつも言ってるでしょ」

確かに、ことあるごとに特別だと、甘やかすように言われ続けてきた。この人の言葉は耳に心地いいことばかりで、本当のところがどうかなんて、結衣さんにしかわからない。誰にでも同じことを言っている可能性も拭いきれないのが、この一ノ瀬結衣という人の、厄介なところだった。

「……恋人は作らない、とも言ってますよね」

おかしな話だと思う。好きなら、恋人になりたいと願うものではないんだろうか。過去に告白された時の記憶を呼び起こして考える。「好き」という言葉の次には高確率で「付き合ってください」が続いていた。

記憶に新しい早川くんの告白はそうではなかったけど、彼の言葉の真《ま》っ直《す》ぐさと比べても、結衣さんの言葉はまるで羽のように軽い。結衣さんの「好き」には、その先に続く言葉も、関係性もありはしない。それが恋愛的な意味なのか、友愛的な意味なのか、はたまたそのどちらでもないのか、わからない。

投げられた愛の言葉はもはや、一方的で無責任な、暴力に近かった。心を乱すだけ乱しておいて、責任を取る気は一切ないらしい。

「かなたはストレートなんだし、別にそこは気にしなくてもよくない？　女同士なんだから、いいじゃん」

つまり結衣さんの言い分は、こうだ。

──私がストレート……つまり異性愛者だから、同性の結衣さんと付き合いたいとか恋愛関係になりたいと思うことはないという前提でこの人は、私のことを特別だとかかわいいだとか好きだとかキスしたいとか、気兼ねなく言ってくるわけだ。

「……性別、関係あります？　女性同士だって、真剣に恋愛すべきですよ」

その真っ黒な瞳を見据えてはっきりとそう告げると、結衣さんが驚いた顔をした。

「…………………」

しばし、無言で見つめ合う。私、そんなに変なこと、言っただろうか。

「あの……おかしいですか、私の考え方」

「えっ？　あ、いや、そういうわけじゃないけど」

結衣さんにしては珍しく歯切れが悪くて、ちょっとキツく言いすぎたかもしれない、と思った。今のは、遊んでばかりの結衣さんを責めるような言い方だった。何か理由があって、止《や》むに止まれぬ事情があって、こんな女遊びの激しい人になったかもしれないのに。

でも――昔、彼女がいたんでしょ。その人のことは、好きだったんでしょ。一途《いちず》に、尽くしてたんでしょ。

だったら、なんで。なんで私とは「付き合いたい」とは思わないんですか。私が特別だと言うけれど、過去の結衣さんにはもっと特別な女性がいたという事実に、腹が立って仕方ない。負けた気がして、悔しい。

高校生だった結衣さんの、価値観を百八十度変えた人。過去の人に腹を立てたって仕方がないと、わかってはいるけど。

それでも私のことを特別だと言うなら、大学生の結衣さんにしかできないことを、私だけにして、特別だと証明して欲しい。

「……結衣さん」

「うん？」

「花火大会、恋人と行ったことありますか？」

遊び相手じゃなくて、恋人と、高校生のあなたがどういう風に過ごしていたのか知りたい。少し唇を尖《とが》らせて、拗《す》ねるようにお腹《なか》に緩く回った手の指先をつねる。

「……ないよ、そういうのは、全然」

ちょっと困ったように笑う結衣さんに、あぁ、聞かれたくないんだな、と直感でわかった。

「ふーん……。私のこと連れてってくれるって約束したのは、もう忘れちゃいました？」

「まさか。忘れてないよ。来週の土曜、一緒に花火見に行こう」

「……土曜日は夕方までバイトなので、迎えに来てくださいね」

「うん、もちろん」

夏が終わってしまう前に、やっておきたいことは山ほどあった。毎年、夏は確かにやってくるけど、今この瞬間の、二人で過ごす夏は二度と来ない。

リモコンを手に取って、結衣さんの意見も聞かずに私が観たい映画を選ぶ。ブランケットに包《くる》まりながらくっついて、あーでもないこーでもないって感想を言い合いながら、まったり過ごすこの時間が私は好きだった。

「さっきの話だけど……かなたはさ」

「なんですか？」

「真剣に恋愛すべきだって言うけど、私に恋人がいても、平気？」

爆弾みたいな質問が飛んできて、あぁ、私、死ぬのかな、って思った。それぐらい心臓が締め付けられるように痛かったし、そんなことを聞くなんて、本当にこの人は意地が悪いと思った。

真剣に恋愛すべきだ、と自分で言っておきながら、私は、別の誰かに彼女の気持ちが傾くことを恐れている。矛盾してるってことぐらい、わかってる。

恋人がいたらやだ、なんて、そんなの、どの口が言えた台詞《せりふ》だ。振り向いて、結衣さんに正面から向き直る。私を抱き寄せていた手が解《ほど》けたのがわかったけど、構わずにじっとその瞳を見つめた。

夜の海みたいな、凪《な》いだ優しい黒い瞳が私を見つめ返す。

結衣さんに恋人がいたって、別にいいはずだ。だって、私は同性愛者じゃないし、女性に恋した経験なんてないし、この先もきっと、彼女とそういう関係になることはない。だから、ここではっきり言うべきなのかもしれない。関係性を正しく見直す絶好の機会だ。

深く息を吸う。全て整理すべきだ。私とあなたは先輩後輩。それ以外の何ものでもない。結衣さんに恋人がいたら、だって？　そんなの——。

「絶対に、イヤ」

真っ直ぐに結衣さんを見つめて、口をついて出た言葉は、思考より先に心から飛び出していったかのようだった。

あれ、私、今なんて言った……？

吐き出した言葉を反芻《はんすう》するより先に、ふはっ、と結衣さんが吹き出すように笑う。

「んー、そうだよね、大丈夫。絶対に恋人なんて作らないから、安心して」

ぎゅう、と腰を抱き寄せるようにされて、慌ててその肩を押す。

「違います、誤解です、今のはっ」

「ほんっと、かわいい。そういうとこ、たまんない」

ぎゅうぎゅうに抱きしめられて、苦しい。放ってしまった言葉をなかったことにできなくて、顔が赤くなっていくのがわかる。結衣さんが本当に嬉《うれ》しそうに笑うから、毒気を抜かれてしまって身体《からだ》の力が抜けていく。

「……花火、楽しみだね」

優しく耳元で囁《ささや》く声に絆《ほだ》されて、あぁ、もうどうにでもなれ、と心の中で呟《つぶや》いた。

もっと単純ならよかった。例えばあなたが、こんなに複雑なパズルみたいな人じゃなくて、私のことをただ真っ直ぐに好きだと言ってくれる人だったら。私だってもっと簡単に、あなたが好きだと、言えたかもしれない。

◇◇◇

私の記憶が正しければ、週末に結衣さんと「花火を見に行く」と約束したはずだった。

それなのに、今、私たちはラグジュアリーホテルのロータリーにいる。

入り口に「一ノ瀬」という文字があったから、ここが結衣さんのお父さんが経営している会社系列のホテルだとすぐに気が付いた。

出迎えてくれたホテルマンに車の鍵を渡して、結衣さんがちょいちょいと私を手招く。

駐車場を使うだけなのかなと思っていたら、早く行こう、と促された。

「花火、見るんですよね？　なんでホテル……？」

「お腹空《す》いたでしょ？　ご飯食べた後に、花火見よう」

「ここから？」

「うん」

腰に回った腕に押されるがまま、足を進めた。つるつるの床がオレンジ色の豪勢な照明を反射していて、天井を見上げればどこまでも高い。歩く度にコツコツと靴の音が響いて、まるでお城みたいだなと思った。

ちょっと待ってて、と言われて大人しく高級そうなふかふかの赤いソファに腰掛ける。

結衣さんがフロントで、奥から出てきたテカテカに髪を固めた偉そうな男性と話した後、また戻ってきた。

「さ、行こう」

「普通のワンピースで来ちゃったんですけど……ドレスコードとか大丈夫ですか？」

「個室だから、気にしなくて平気だよ」

「個室……？」

手を引かれて、中央の大きなエレベーターに乗る。迷いなく四十階のボタンを押すと、鉄の箱はぐんぐんと空へと吸い込まれるように昇っていく。

「普段、使ってない席があるんだよね。接待用の個室が」

エレベーターが早くも四十階に到達して、肩の力を抜けぬまま結衣さんについていくと、窓際《まどぎわ》の二人がけのテーブルに案内されて、息を呑《の》んだ。ウェイターさんに椅子を引かれて、腰掛ける。

こういう場に連れてこられると、改めて結衣さんって本当にお嬢様なんだな、と思い知らされる。普段家にいる時は普通のお姉さんって感じに見えるんだけど、場慣れしているというか、なんというか。

飲み物を注文して、ウェイターさんが個室から出たタイミングで、ちょっとだけ肩の力を抜いて椅子に背を預けると、結衣さんが笑った。

「そんなに緊張しなくていいのに」

「結衣さんは、慣れてるんですね、こういうの」

「まあ……月一で食事会があるから」

なるほど、いつも結衣さんが行っている「食事会」は、こういうホテルのレストランでやっているのか。

「花火が打ち上がるのは七時半だから、あと二時間あるし、ゆっくり食べよ」

「花火を見るっていうから、普通に地面から見上げるんだと思ってました」

「私も本当はそうしたかったんだけど、観覧席のチケット売り切れてたんだ、ごめんね。来年はもっと近くで見られるところ予約しておくから、今年はここで我慢して」

我慢……っていうか、むしろ思いっきりランクアップしてる気がするんですけど。こんな風にゆったりとした環境で花火を見ることなんて一生に一度あるかないかだと思うけど、この人にとってはこれが当たり前なんだろうか。

「むしろ、嬉しいです。こういうの、初めてだから……」

ならよかった、と正面で結衣さんが優しく微笑《ほほえ》んだ。

「ここのレストラン、結構好きなんだよね。料理長、怖い人だけど。昔、雪にぃと厨房《ちゅうぼう》に潜り込もうとして、首根っこ摑《つか》まれてめちゃくちゃ怒られたことある。でも、本当にすごく美味《おい》しいよ」

やんちゃそうな兄妹《きょうだい》が目に浮かんで、思わず私も笑みがこぼれる。結衣さんにも、そんな無邪気な時期があったんだ。

「……コース料理って緊張します」

「そう？　出てきたもの、順番に食べたら良《い》いんだよ。テーブルマナーなんて適当でいいし。今は、二人しかいないから」

そうは言いながらも、結衣さんにはばっちりと所作が身についているあたり、育ちの良さが窺《うかが》えた。お嬢様なんだよなぁ、やっぱり。

料理長にお任せで頼んだというフレンチのコースは、出てくる全てが何もかも美味しくて、本気でほっぺが落ちるかと思った。デザートと、食後の紅茶も最高だった。一体、このディナーはいくらするんだろう、お財布の中にどのくらいお金入ってたっけかな、とちょっとだけ不安になるレベルだった。

「さ、ちょうど良い時間だし、行こっか」

「……あれ、ここで見るんじゃないんですか？」

食事を終えたところでそう言うから、移動するのかと疑問に思って尋ねると、結衣さんがぴっとカードキーを取り出した。

「部屋、取ってある」

「へ……？　部屋？　ホテルの？」

「そう、ロイヤルスイートルーム。最上階だよ」

さっき、フロントで、テカテカに髪を固めた偉そうな人から受け取っていたのは、ルームキーだったのか、と合点《がてん》がいく。え、でも、ちょっと待って。ここはホテルだ。部屋を取っているということは、つまり、泊まるってこと？

顔が熱くなっていくのを自覚する。目の前の結衣さんは涼しい顔でにこにこしてる。これってどういうつもりなんだろう。全然わかんない。

「……あの」

質問しようとしたところで、結衣さんが腕時計を見て席を立った。

「ほら早く行かないと始まっちゃう」

「あ、お会計は？」

「会計？　そんなのいらないから」

そう言われて手を引かれる。ウェイターさんに、ご馳走様《ちそうさま》でしたと声をかけるとにっこりと笑って一礼された。本当に、お会計もせずにレストランを出て、エレベーターの上ボタンを押す。

ルームキーを翳《かざ》してエレベーターに乗り込むと、ロイヤルスイート、と書かれたボタンを押して、また上昇していく鉄の箱。

「あの、結衣さん」

「ん？」

「今日、泊まるんですか？」

「帰っても良いよ、と言いたいところだけど……さっき、お酒飲んじゃった。車運転できないから、帰れないね」

悪戯《いたずら》に彼女が笑う。これは確信犯でしょ、絶対。ぎゅうっと手をつねると、結衣さんが、痛いとまた笑った。

「それって……」

「なあに」

その腕を摑んで、少しだけかがむように促す。内緒話をするように、そのピアスが煌《きら》めく耳元に唇を寄せた。

エレベーターの中だって、セキュリティはあるはずだし……まぁ、音声が聴かれているかどうかはわからないけど。できる限り小声で囁く。

「えっちなことしたいって、ことですか……？」

ホテルに連れ込まれるってそういうことしか考えられなくて、不安になって尋ねる。結衣さんが、吹き出すように笑ったところで、エレベーターが最上階に辿《たど》り着《つ》いた。

「何それ、もしかして、誘ってる？」

「ち、違います。そんなつもりじゃなくて……」

笑いを堪《こら》えながら、結衣さんが顔を赤くした私の背にそっと手を添えて、エレベーターを降りるように促してくれる。

カードキーをさらに翳して、辿り着いた先。豪勢なその扉の向こう。部屋に入った途端に、感嘆の息がこぼれた。リビング一面ガラス張りで、その夜景が私の心を捉えて、離さない。遠くに、闇に包まれた海が見える。結衣さんのイメージに、どことなく似ていた。

リビングで立ち止まってしまった私を、そっと後ろから抱きしめてくる優しい腕。甘い香りがして、胸の奥がくすぐられたようにむずむずする。

「ねえ、本当にしていいんだったら、私、もう花火どころじゃないんだけど」

柔らかく耳朶《みみたぶ》を噛《か》まれて、吐息と共に伝わる結衣さんの声。顔を背けて、違う、と抵抗する。

「ち、違いますって。本当にどういうつもりなのかなって、思っただけで」

「えー酷《ひど》い、その気にさせておいて」

「結衣さん、花火は？　ほら、あと十分ですよ」

左腕を持ち上げて、腕時計を結衣さんの眼前にさらす。もう打ち上げの時間が迫っている。

「じゃあ、花火終わったら、する？」

「……花火が終わっても、だめ。付き合っていない人と、そういうことはしません」

はっきりとそう告げると、結衣さんはがっかりしたように大人しく私から離れた。この人の考えることって、やっぱりよくわからない。抱けるか抱けないか、で言えばどっちなのかと迫った時は、うまい具合にはぐらかしたくせに。

「……残念。わかった、大人しく花火見るよ」

夜景が見えるように配置されたソファに腰を下ろすと、結衣さんは、コーヒーテーブルに置いてあったルームサービスのメニュー表を手渡してくれた。

「十時までだったら届けてくれるから、食べたいものとか飲みたいもの、好きなものなんでも頼んで良いよ」

「えっ、なんでも？　本当にいいんですか？」

「もちろん。だって、お父さんの奢《おご》りだもん」

　そう言って結衣さんがにっと笑う。

「かなたと花火見たいから、スイートルーム貸してってお願いしたの。だからこれは全部お父さんから、かなたへのプレゼント」

「な、なんか申し訳ないです、こんなにしてもらって」

「若い頃、かなたのお父さんには本当にお世話になったって言ってたよ」

「帰省した時、結衣さんのお父さんがお母さんを口説くのを手伝ったたって言ってましたよ。もしかして、そのことですかね」

「そうなの？　確かにお父さんって、女性を口説くのあんまり得意じゃなさそうだもんなぁ」

　不思議だな、と思う。結衣さんは女性を口説く天才なのに。もしかしてこの魔性の遺伝子は、お母さん譲りなんだろうか。

「……花火、綺麗《きれい》に見えるといいね」

「そうですね……」

　私もソファに腰を下ろして、夜景を見つめる。これだけでもこんなに綺麗なのに、花火が打ち上がったら、どんな風に見えるんだろう。あと数分で始まると思うと、自然と期待に心臓が高鳴った。

「……ねぇ、かなた。なんでそんなに離れて座るの？」

間に二人分は空けたスペースを疑問に思ったのか、結衣さんはソファの端っこに座った私のことをじっと見つめている。

だって、あまりにも広いソファだから、と言いかけてやめる。結衣さんの家にあるリビングのソファも同じくらいの大きさだから、その言い訳は通用しない。

「……だって、なんか」

こんなに素敵な部屋で身体《からだ》を密着させて座ったら、なんか、それって恋人同士みたいだなと思ってしまったから。恥じらう顔を見られたくなくて俯《うつむ》くと、結衣さんがくすっと笑ったのがわかった。

「照れてるの？　かわいいね。何もしないから、こっちにおいで」

優しい声で私を呼ぶ彼女に、距離を詰める。そっと彼女の腕が、私の腰を抱き寄せた。

結衣さんが、照明のリモコンを手に取って部屋の電気を暗く落とす。

「なんですか、この腕」

「家でもいつもしてることでしょ？　別に、照れなくても良いのに」

そう言われても、照れるものは照れる。なんて答えようかと答えあぐねていると、静寂を切り裂いて、夜空の真っ黒なキャンバスに、一筋の光が打ち上がった。思わず息を呑《の》む。空中に大輪が咲く。少し遅れて、ドン、と音が鳴り響いた。想像以上に綺麗なそれに、息をするのも忘れそうになる。

「……すごい」

何年ぶりかに見た、日本の夏の風物詩。花火って、すごい。こんなにも素敵な夜は初めてだ、と思った。立て続けに何発も打ち上げられるそれに、時間も忘れてずっと、見とれていた。

「綺麗……」

「そうだね」

夏の終わりの花火はどこか切なく、胸が締め付けられる。八月が終われば、秋はもうすぐそこだった。

来年は、手持ち花火もやってみたい。今年は線香花火、できなかったから。日本に帰ってきて、本当によかった。心からそう思う。感謝の気持ちを伝えたくて、結衣さんの方を向いた。

「結衣さん、来年も……」

一緒に見たいです、と、告げようとした言葉が、途切れる。遠くに、ドン、と花火の音がする。その光が結衣さんの、長いまつ毛と白い頬を照らした。優しい唇の感触がして、キスされてると少し遅れて理解した。

最後の花火、見られなかったなと思ったけど、私は彼女の肩を押し返すこともできなかった。

微《かす》かなリップ音を立てて、離れる唇。じっと見つめてくるその眼差《まなざ》しに、怒った方がいいってわかってるのに、そんな感情は一切湧いてこなかった。

「あの……結衣さん……？」

「嫌だった？」

「……してから聞くのは、ずるいと思います。何もしないって、さっき……」

「ごめん、我慢できなかった。かなたが、かわいくて」

申し訳なさそうに、結衣さんが眉尻を下げて言う。そんな顔をされたら、私は何も言えなくなる。

身体を抱き寄せる腕はそのままに、反対の指で優しく唇を拭われた。押し倒されたらどうしよう、そんな不安を見抜くように、結衣さんが優しく微笑《ほほえ》む。

「私、恋人以外と、こういうことは……」

「うん、わかってる。これ以上のことはしない。でも、キスぐらいは許して。お願い」

そう言って、もう一度彼女が私に顔を近づける。拒否しないといけないって、わかっているのに。その身体を押し返さないといけないはずの腕が、言うことを聞かない。

至近距離で目が合って、私が拒否しないと知ってか結衣さんがふっと笑った。その瞳の色は初めて見た。優しさの中に、肉食獣みたいな欲求が見え隠れしている。たまらずそっと目を瞑《つぶ》ると、思っていたよりもずっと優しく、唇が重なった。

私を抱き寄せる腕も、私の首筋を撫《な》でるその艶やかな黒髪も、その全てが今、女性とキスしているのだと強く私に認識させる。

知らなかった。女の人の唇って、こんなに柔らかくて、気持ちいいんだ。角度を変えて何度も触れる唇に、甘えるように縋《すが》り付《つ》いてしまう腕は自分の意思ではもうどうにもならない。

私の中で、何かがガラガラと崩れ落ちていく音が、聞こえた気がした。

◇◇◇

暗闇の中、じっと私を見下ろす黒い瞳。ベッドに押し倒されて両腕の中に閉じ込められているのに、こんな状況でも私は彼女から目を離せない。目の前に一粒ダイヤのネックレスが揺れて、あぁ、白い鎖骨が綺麗だな、と思った。

「……かなた」

私を呼ぶ、結衣さんの声がする。いっそ身を任せてしまえたら楽なのに、あれこれ考え込む私の性格が邪魔をする。やっぱり、怖い。男性とセックスするのも苦手だっていうのに、同性となんて、もっと怖い。

結衣さんの馬鹿。なんでこんなことするの？　キス以上のことはしないって、言ったじゃないですか。嘘《うそ》つき。そう言いたいのに、なぜか言葉が出てこない。彼女の深い色の瞳に見つめられると私は、蛇に睨《にら》まれた蛙《かえる》みたいに、動けなくなる。

そっと顔が近づいて、観念して目を閉じた。それから彼女の唇が私の――。

「うわぁあっ！！！」

ガバッと、慌てて飛び起きた、朝。とんでもない夢を見てしまった。やけにリアルで、生々しくて、手のひらを胸に当ててるとまだ心臓がバクバクしている。背中にじんわりと汗を掻《か》いていて、目を覚ますように慌てて左右に首を振った。

思わず隣に視線を向ける。私にこんな夢を見させた張本人は、すやすやと寝息を立てて眠っていた。雪のように白い肌に、長いまつ毛。寝顔すら綺麗で、本当に憎らしい。かさつきなんて一切ない、艶のあるその唇を見つめる。

こんな夢を見てしまったのは、間違いなく結衣さんが昨日、私にあんなことをしたせいだ。

なんで受け入れてしまったんだろう。キスした後の、結衣さんのあまりにも優しく嬉《うれ》しそうな笑顔を思い出すだけで、心臓がきゅっと締め付けられる。

あの時はどうなっちゃうのかなと思ったけど、結衣さんは「キス以上のことはしない」という約束を意外にもきちんと守ってくれた。

あれ以上私に手を出してくることはなかったけれど、うまいこと口車に乗せられて、一緒のベッドに寝る羽目にはなってしまった。キングサイズの大きなベッドだから渋々承諾したけれど、多分、それが良くなかった。夢を見たのはそのせいだと思う。どんなに広いベッドでも、やっぱり同じベッドで眠るのは緊張したし、すぐには寝付けなかった。

「……結衣さんの、馬鹿」

綺麗な寝顔に向かって、そう呟《つぶや》く。布団《ふとん》、思い切りはいでやろうかななんて思っていると、視線に気付いたのか長いまつ毛が震えて、ぱちぱち、とその黒い瞳が瞬《まばた》きを繰り返した。

「おはようございます」

「……おはよ……かなた、起きるの早いね」

　まだ眠たげな彼女が、ふかふかの羽根枕に、うーんと唸《うな》りながら顔を埋《うず》める。私だって普段は、こんなに早く起きたりしない。複雑な気持ちで朝を迎えることになったのは全部全部、結衣さんのせい。

　そんな私に比べて女遊びが趣味のこの人は、女性と迎える朝なんて茶飯事のようで全然いつもと態度が変わらない。私だけが意識しているみたいで悔しいけど、それに文句を言うのは、もっともっと悔しい。

　時計を見ると朝の六時だった。遮光カーテンのせいでわからないけど、きっともう外は既に明るいだろう。結衣さんはまだ眠いだろうけど、せっかくだから高層階から眺める朝の景色を楽しみたくて、電動カーテンのリモコンを捜そうと身体を起こす。

　すると突然、ぐらりと視界が揺れた。彼女に腕を引っ張られたと理解する前に、私の身体はお布団の中に引きずり込まれてしまっていた。背中がマットレスに倒れ込む。

「ぴっ、くりした……！」

「まだ起きなくていいじゃん。日曜日なんだし、もう少しゆっくりしようよ」

　寝転がりながら結衣さんの方に向き直って、じっと彼女を見つめる。真っ白のルームウエアから覗《のぞ》く胸元には、夢で見たあのネックレスはなくて――よかった、やっぱり夢だった、と安堵《あんど》する。

「……起きようとしたんじゃなくて、カーテンを開けたかったんです」

「ここにスイッチあるから、起き上がらなくていいよ」

そう言って、結衣さんは少しだけ上体を起こして私の頭上に手を伸ばす。寝癖もつかないストレートの黒髪が、私の目の前でさらさらと揺れた。綺麗《きれい》な髪で、羨ましい。カチ、という音の後に、電動カーテンが開いた隙間から、光が差し込んでくる。ガラス近くなった距離にどきりとしたのを悟られないように、結衣さんに背を向ける。ガラス張りの窓から望む景色に、思わずため息が漏れた。

「うわ……眩《まぶ》しい」

結衣さんの不満の声は無視する。日差しが瞳の奥をつんとさせるけれど、高層階から望む景色はまるで自分が空に浮かんでいるみたいで気持ちが良かった。

するすると、悪戯《いたずら》な白い腕が私と枕の隙間に忍び込んで、後ろからぎゅっと私を抱きしめる。背中に温《ぬく》もりを感じて、その気持ちよさに目を閉じた。

朝起きて、誰かが隣にいたのは、初めてだ。誰かと迎える朝がこんなに心地いいなんて、知らなかった。

「……チェックアウトって、何時なんですか？」

「何時でもいいけど、朝ご飯食べてから帰ろうよ」

「レストランで？」

「ううん。ルームサービス、頼めるから。でも今はもうちょっと寝たい……」

朝ご飯まで持ってきてくれるんだ。サービスの行き届いたホテルってすごい。結衣さんが、ぎゅーっと私を抱き枕みたいに抱きしめる。同じシャンプーとボディソープを使っているはずなのに、結衣さんはいつだっていい匂いがする。眠くてたまらないらしい彼女と違って私はすっかり目が覚めてしまったから、手持ち無沙汰になって、背中から回ったその左手を取って指を絡《から》ませて遊んだ。

左手の中指と薬指を順に辿《たど》って、爪の先を撫でてみる。つるつるに整えられた短い爪は、彼女が今も女遊びをやめていない証拠だ。そもそもやめるつもりなんて、ないと思うけど。性欲なんて全然なさそうな顔してるくせに、涼しい顔して、女の子のことばっかり考えてる彼女を本当に腹立たしく思う。

「かなた」

「なんですか？」

「……私のこと、からかって遊んでるの？」

後ろから眠たげな声がして、きゅっと、私が悪戯していた指が私の手を摑《つか》まえる。

「……そういうの、本当に誘ってるとしか思えないんだけど……」

この指が、彼女が女性を愛するために使う指だと知っていたけれど、私は彼女を誘うつもりで意識して触っていたわけじゃない。でも、結衣さんがこの行為をそう捉えるってことは。

「ふーん……結衣さんは、他の子にこんな風に誘われたこと、あるんですね」

ぴくり、と指先が震える。あ、図星なんだ。結衣さんと同じ、女性が恋愛対象になり得る人たちは、彼女のこの長い指に欲情するのかと思うと、内心複雑だった。

「……さあ、どうだろ。忘れちゃった」

そうやって、すぐに誤魔化すんだから。

結衣さんは、軽口を叩《たた》く割には本気で私を押し倒したことなんてない。私が押しに弱いとわかっていても最後まで追い詰めたことなんてないし、結局いつだって逃げ道を用意してくれている。なんだかんだあっさりと引くくせに、そんなに私を欲しいと思っているとは、どうしても思えなかった。

それは私がセックスを苦手だと知っているから、なんだろうか。それとも単純に性的な魅力がないだけなのか。男性と違って私の身体《からだ》に触れたところで、結衣さんが気持ちよくなるわけではないんだから、セックスしても気持ちよくなれない私を抱きたいなんて、そりゃあ思うわけがない、とも思う。

私が彼女に、他の子と同じように「私を抱いて欲しい」と本気でねだったら、結衣さんはどうするんだろう。優しい彼女は、応えてくれるんだろうか。それともいつもみたいに、笑ってうまく誤魔化すんだろうか。

試してみる勇気もないくせに、最近の私はずっと、こんなことばかり考えている。

ルームサービスの朝食は最高に美味《おい》しかったし、目の前に座る彼女が私を見つめる瞳は今日も優しい。

「……私のこと、一体どうしたいんですか、結衣さんは」

食後のコーヒーを飲みながら責めるようにそう言うと、結衣さんが笑った。

「別にどうもしないよ。ただ、かなたのことが好きなだけ」

さらりと言われて、ため息をつく。

「本当、結衣さんって……」

「なあに？」

「……なんでもない」

優しく思いやりのある女神のようでいて、知れば知るほど悪魔のような人だ、と思う。

どうにもするつもりがないのが問題なんだって、なんでわからないんだろう。結衣さんはきっと、私に何も期待していない。彼女が私に対してする全てのことに、何かが返ってくることなんてきっと一ミリも期待していない。

彼女は、きっとまだ知らないだろう。

底なしの沼に足を搦《から》め捕《と》られてしまったみたいに、私はもう、ここから一歩も動けなくなっているってこと。

第8話　今日は……行かないで

「青澤、彼氏いるって本当⁉」

閉店後の喫茶店。カウンターを拭いていると、突然早川くんが顔を真っ青にして私のもとに詰め寄ってくる。

何を急に。そんな根も葉もない噂《うわさ》が、一体どこから流れたんだろう。やけに近い距離に驚いてたじろぐと、店の奥から今日シフトに入っていた天崎さんまでひょっこりと顔を出した。

「え、何なに？　詳しく聞きたーい！」

小柄な彼女がぴょこぴょこと駆け寄ってくる。私は閉店業務を終わらせて早く帰りたいのに、これは嫌な流れになってしまった。

「マスターが、青澤さんの恋人はお金持ちなんだねって言ってたんだけど、たまに店の近くに停《と》まってるＬＳって、青澤の彼氏のだったの？」

「えるえす……って、なんですか？」

「黒いセダン！」

そんなに強く詰め寄らなくても。でも、そう言われてやっとピンと来た。どうやら、早川くんが言っているのは結衣さんの車のことらしい。

「……あれは、結衣さんの車ですよ。彼氏なんていません」

「え……あの人そんなに金持ちなの？」

動物園に行った帰りに早川くんが家まで送ってくれた時、ガレージのシャッターは下りていた。だから彼は結衣さんがどんな車に乗っているのか、知らなかったのか。

「でも、そ、そっか……よかった」

ほっとしたように早川くんが胸を撫《な》で下《お》ろす。夏休み期間中、色々あったからすっかり忘れていたけど、早川くんってまだ私のことを好きだったのか。

マスターは、私が彼女の車に乗り込んだのを見ていたんだろう。両親は海外にいると知っているから、迎えに来たのが恋人だと勘違いしたに違いない。

でも、あの車ってそんなに高かったのか。高級車だということは知っていたけど、国産車だって言ってたから、ひと目見ただけでお金持ちだとわかるような車だとは思っていなかった。そもそも、あれは結衣さんのお兄さんが買った車だし。

「結衣さんって、前に来てた、青澤さんの先輩のこと？　そんなにお金持ちの人だったんだね」

「天崎も会ったことあるんだ」

「うん。前に一回お店に来てた。青澤さんが次は直接話しかけていいって言うからさ、お店に来てくれるのずっと待ってたのに、全然来てくれないんだもん」

「基本的には車で迎えに来てもらうから、お店の中に入らないだけですよ」

ここには駐車場なんてないし。別に意図的に店内に入れたくなかったわけではない。むしろあの時が特別だっただけだ。結衣さんが食事会に行った帰りだったから、車じゃなかっただけ。

「もしかして、今日も来てる？」

「……今日は予定があるって言ってたから、迎えは頼んでません」

「じゃあ今度また連れてきてよ。私もお友達になりたい」

天崎さんが猫みたいな目をニンマリと細めた。

「……そうですね、また今度」

にっこり笑ってそうは言ったものの、天崎さんのシフトの日には、絶対に結衣さんをお店に近づけないようにしようと固く胸に誓った。私の友達にはさすがに手を出さないと言っていたけれど、それが本当かどうかはわからない。私にキスまでしたくせに、目の前で別の子を口説かれた日には、彼女の頬を思い切り張り飛ばす自信しかなかった。

「待って青澤、家まで送ってく」

裏口から出たところで、早川くんに呼び止められて振り向く。家までは二駅だし、駅からは歩いてすぐだし、送ってもらうような距離じゃない。それに。

「……早川くんの家、反対方向ですよね？」

そう言うと、気まずそうに彼はガシガシと頭を掻《か》いた。

「そういうの、わかってても言うなよ。カッコつかないだろ」

「一人で帰れますから、大丈夫ですよ」

結衣さんが来られない日は、いつもそうしてるし。

「そうじゃなくて……。もっと話がしたいの、俺は」

結衣さんの言葉が脳裏に蘇《よみがえ》る。

——押しに弱いよね、かなたは。

そんなのわかってる。でも、こんな風に言われて断るのってすごく難しくないだろうか。だってこれを断ってしまったら、「私はあなたとは話したくないです」って言うことと同じだ。

付き合ってと言われたらごめんなさいと言えるのに、こういう変化球は本当に苦手。

まあ、たった二駅だし、わかりましたと頷《うなず》くと、早川くんが嬉《うれ》しそうに笑った。


最寄り駅で降りて改札を抜け、家まで二人並んで歩く。前に早川くんは歩くのが速いなと思ってたのに、今日はびっくりするほどゆっくり歩くから調子が狂う。テンポが合わないんだよな、と思う。前に付き合っていた彼には多分、私が合わせてたはずなのに。なんだか、こうして合わせることが苦痛になってきた。

結衣さんを知れば知るほど、他の人では満足できなくなる。これも全部結衣さんに甘やかされた結果だ。


「青澤っていつも、週末何してる？」

「週末ですか？　えっと、友達と遊んだり、映画を観《み》たり……あ、この間は花火を見に行きましたね」

「だ、誰と？」

「結衣さんとですけど……」

「なんだ、そっか。俺も誘えばよかったな。青澤、帰省しちゃってたから全然会えなかったし」

誘われなくてよかったかも、とちょっとだけ安堵《あんど》する。この微妙な関係性を早く終わらせたい。早川くんはいい人だ。優しいし、真面目で素直で、人がいい。でも、きっと私はあなたのことを好きになることはない。このままずるずると曖昧な関係を続けていってもお互いの時間を消耗していくだけだと思う。

玄関のドアの前に辿《たど》り着《つ》く。ここから彼はまた家まで引き返すのか、大変だなとひとごとみたいに思った。

彼の方を振り向く。私とそんなに一緒にいたいんだろうか。どうして？　そこまでする価値が自分にあるとは思えない。

「……早川くんは、私の何が好きなんですか？」

聞けば、途端にみるみる顔が赤くなるから、あれ、聞いちゃいけないことを聞いたかなと思った。口のうまい結衣さんだったら、こんなに初心《うぶ》な反応はしない。早川くんって、わかりやすい。

「……何って……」

「返事はいらないって言ってましたけど、好きなら、付き合いたいとは思わないんですか？」

結衣さんに聞きたいことを、早川くんに聞いたって仕方ないのに。別の人間に聞いたところでそこに答えがあるわけじゃない。結衣さんのことは結衣さんに聞かなきゃわからないって、わかってる。でも、少しでもその答えに近づきたかった。

「そりゃ、思うよ。……でも、青澤の気持ちが俺に向いてないのもちゃんとわかってる。フラれたらそこで終わりだろ？　青澤のこと、諦めたくないから」

私が男性とセックスするのが苦手だって知っても、早川くんは私と付き合いたいと思うだろうか？

「時間がかかっても、振り向いてくれるまで頑張らせて」

そう彼が言った瞬間、タイミング悪く玄関のドアが開いた。私が開けたわけじゃないとすれば、このドアを内側から開けることができる人は一人しかいない。

「……あれ、かなた……と、早川くん？」

心臓がぎゅうっと縮まる。結衣さん、今日は用事があるって言ってたけど、今から出かけるってことは飲みに行くのかな。

早川くんには家まで送ってもらっただけで、別に何か隠さないといけないようなやましいことは何もない。それでも、なぜだろう。彼と二人でいるところを、見られたくなかった。結衣さんが、にっこりと笑う。

「早川くん、久しぶり。上がっていくの？」

ちょっと待って。家で二人きりにする気⁉　慌てて結衣さんの方を振り向くと、早川くんが先に口を開いた。

「い、いえ！　青澤のこと送ってきただけなので、もう帰ります。それじゃ失礼します」

お礼を言う暇も与えずにそそくさと立ち去ってしまった早川くんの背を見つめる。ああ、誠実な人でよかった、と胸を撫で下ろした。

「……かなた、バイトだって言ってなかったっけ？　デートだったの？」

結衣さんの横を通り過ぎてするりと大きな玄関に身体《からだ》を滑らせると、結衣さんは一度パタンとドアを閉めた。靴を脱いで、家に上がる。

「バイトですよ。送るって言われて、仕方なく……」

「ふーん……」

ドアに背を預けて、結衣さんはじっと私を見つめる。

「結衣さん、早川くんにああいうこと言わないでくださいよ。本当に上がっていくって言われたら……」

「……その気がないなら、早く断ればいいのに。可哀想《かわいそう》だよ」

あっさりそう言うけど、そんな簡単な話ではない。私だって早く断りたい。でもあんな言い方されてしまったら、私には早川くんを傷付けずに断る方法なんて思い浮かばない。

結衣さんの言い分は正しい。でも、あなただって。その気もないくせに、色んな女の子をとっかえひっかえして遊んでいるじゃないですか。

「……結衣さんにだけは、言われたくない。それに今日、飲みに行くなんて聞いてないんですけど」

「え？　いや、今日は……」

突然彼女のスマホが鳴る。ポケットから引っ張り出したその着信画面に女性の名前が浮かんでいるのを見てしまった。すぐに電話には出ず、消音ボタンを押したところを見ると、飲みに行くわけじゃなくて、女の子に誘われているんだと気が付いた。

「もう行かなきゃ」

誤魔化すようにそう言うから、面白くない。

「……今日、帰ってこないんですか？」

こんな夜は何回もあった。その度に黙って彼女を見送った。日に日にそれが、耐えられなくなりつつある。

わかってる。たかがキスを何回かしたぐらいの相手に、こんなことを言われるのなんて面倒だってことぐらい。そんな女性を彼女は、好まないってことも知ってる。

「……どうしたの？　もしかして早川くんと何かあった？」

機嫌の悪い私に気付いたのか、結衣さんが突如心配したように私に歩み寄る。俯《うつむ》いてしまった私の頬を撫《な》でて、優しく顔を覗《のぞ》き込んでくる。

早川くんとは、何もない。逃げるように顔を背けると、結衣さんが困ったように小さくふうとため息をついた。

「別に何もないです。それにもう、行かなきゃいけないんじゃないんですか……」

「そうなんだけど……。早川くんじゃないとしたら、私が原因？」

いつだって、結衣さんは私の機嫌を取ってくれる。

ふと、思う。私のこと、特別なんですよね。じゃあそれってどれくらい特別なの。例えばあなたが今夜、愛を囁《ささや》いて抱きしめるつもりのその子と私を天秤《てんびん》にかけた時、私を選んでくれないなら、それは「特別」とは言えないんじゃないですか。

腕が彼女に伸びるのを、止められなかった。揺れ動く気持ちが指先に表れるみたいに、きゅっと彼女の袖を引っ張る。

「今日は……行かないで」

「…………………」

俯いてしまったから、結衣さんがどんな顔をしているかはわからない。ただ、いつもだったらからかってくるはずの結衣さんが、何も言わなかった。しばしの、沈黙。結衣さんが、深く呼吸をしたのがわかった。

「かなたは……私が他の子と遊ぶのが、いやってこと？」

「だって、行ったら、結衣さん帰ってこないでしょ」

また、結衣さんのスマホが鳴る。その向こうで、誰かが結衣さんを待ってる。誰にも渡したくない、と思った。

「……かなたは、私のこと好きなの？」

直接的に聞かれたのは、初めてだった。ずるい人だ。自分は好きという言葉に色んな意味を含ませて言うくせに。結衣さんは私に、「恋愛対象として好きかどうか」を平然と聞いてくる。そんなこと、聞かれたって困る。

「……わかりません。でも、行って欲しくない」

俯いたまま、苦し紛れにそう言った。事実だった。だって、あなたが私をおかしくした。結衣さんに出会わなければ、私は、きっと一生女の人の唇の柔らかさなんて知らなかった。

「わかんない……。わかんないかぁ」

結衣さんが、ため息と同時にそう言った。一度履いた靴を脱ぎ捨てて、距離を詰めてくる。どうしよう、面倒なことを言ったせいで、怒っちゃったかな。身長の高い彼女は、私が俯いてしまうと表情が見えない。

「……素直に好きって言いなよ」

そっと、彼女の手が俯いた私の顎を持ち上げた。真っ直《ます》ぐに私を見つめるその瞳は、今までに見たことのない切羽詰まった色をしていた。

「……言って」

「私は――」

言えと、迫ったのは結衣さんなのに、その言葉を遮るように唇を押し付けられる。驚いて身を固めて、逃げ出そうと身体を引くも、腰に腕を回されてさらに強く引き寄せられる。

「んん……！」

花火を見た日にしたみたいな、触れ合うような優しいキスじゃない。息をしようと薄く開いた唇の隙間から、ぬるりと何かが口の中に入ってくる。私の舌と柔らかく擦《こす》れ合った瞬間、それが彼女の舌だと遅れて理解した。身体中に電気が走ったように震えて、腰が抜けそうになる。

頭が、真っ白になって、そして――。

「い、った……！！」

弾《はじ》けるように顔を離した結衣さんが、私の身体を急に離すから思わずよろけた。自分でも今、彼女に何をしたのか、わからなかった。窺《うかが》い見ると、結衣さんが、口を手のひらで押さえている。非難するようにじとりと私を見つめる瞳はちょっとだけ涙目になっていた。

「噛《か》むことないじゃん……！」

「だ、だって結衣さんがっ」

噛み付かれるとは思っていなかったのか、結衣さんは整った眉を寄せて複雑そうな顔をしている。相当痛かったのだろう。びっくりして、思わず噛んでしまった。申し訳ないという気持ちがじわじわと込み上げてくる。

「……血の味がする」

「あの……大丈夫ですか？」

「大丈夫そうに見える？」

結衣さんが、べ、と舌を出す。私は思わず、うわぁと眉を寄せた。

「怪我《けが》させちゃったことは、ごめんなさい。でも、今のは結衣さんが悪い」

「……口、ゆすいでくる」

血の味がして嫌なのか眉を寄せたまま、結衣さんが私の横を通り過ぎる。

「ゆすいだら、行っちゃうんですか、やっぱり」

呟《つぶや》くそうにそう言うと、結衣さんがふう、とため息をついた。

「……行かないよ」

「本当に？」

「行かないでって言ったの、かなたでしょ」

洗面所に向かう彼女の背を見送って、リビングのソファに座る。クッションを抱きしめると、じわりと涙が溢《あふ》れてきた。

何がしたいんだろう、私は。わがままなのは自覚しているし、結衣さんを引き留める権利なんてないってこと、自分が一番わかってる。めんどくさいのも知ってる。それを彼女が嫌うってことだってもちろん理解してる。

ぐす、と洟《はな》を啜《すす》ったところで、結衣さんがリビングに戻ってきた。そんな私を見るなり、結衣さんはまた小さくため息をついて、私とソファの間に入り込んで後ろからぎゅっと私を抱きしめた。

「泣かないで、かなた」

「……怒ってますか？」

「怒ってないよ」

そっと耳元で優しい声がする。

「……今日は一緒に映画でも観《み》る？」

こくりと頷《うなず》くと、結衣さんはリモコンを手に取って、プロジェクターのボタンを押した。

もう間もなく夏が終わる。時が経《た》つにつれ結衣さんに対する気持ちは大きく膨らんでいくばかりだ。私だって馬鹿じゃない。自分が彼女に惹《ひ》かれてるってことぐらい、もうとっくにわかってる。

心がそう叫んでも、理性が邪魔をしてすんなりそれを受け入れることができない。だって結衣さんを好きだと認めてしまったら、きっとそれはどうしようもないほどに苦しい恋になると、わかっているから。

大学一年生、秋。

第9話　いつから私、結衣さんのものになったんですか？

真夏の暑さもすっかり鳴りを潜め、風が心地よく吹き抜ける秋の日。

ホットコーヒーを片手に、雑多に人が行き交うキャンパスの食堂を、きょろきょろと見回しながら歩く。私を呼び出した張本人が見つからない。この辺にいるとチャットアプリで連絡が入っていたはずなのに。

「かなたちゃーん！　こっちこっち！」

遠くから、手を振る姿を見つけて手を振り返す。春から夏の間はピンクアッシュに染め抜いていたはずのそのふわふわの長い髪が、ミルクティーブラウンに変わっていた。

「律さん、髪の色変わってたから気付きませんでしたよ……」

彼女に駆け寄ると、その隣によく見知った金髪が座っていることに気付く。

「えっ……なんで悠里が律さんと一緒にいるの？」

カップラーメンを啜りながら、彼女がよっ、と片手を上げた。間違いなく、私の友人である阿澄《あすみ》悠里その人だ。彼女は大学で一番仲のいい私の友達で、彼女の家は私が結衣さんと喧嘩《けんか》して家出した時の避難先でもあった。でもこの二人がどうして一緒にいるのか、全く関連性が見えなくて首を傾《かし》げる。不思議そうにしている私に気付いてか、律さんがにっと笑った。

「あれから仲良くなったのよ、ねー」

あれから——というのは、私の家出事件のことを言っているらしい。交友関係がめちゃくちゃ広い律さんが、あの手この手で私の潜伏先を割り出し、悠里の連絡先を入手した。それが、二人が交流するきっかけとなったようだった。

「悠里、そんなこと私に一言も……」

「だって、聞かれなかったもん」

がくっと肩の力が抜ける。聞けば悠里のチャットアプリのアイコンだか背景が、律さんも好きなロックバンドのロゴだったらしく、そこから意気投合して一緒にライブに行ったりする仲になったそうだ。

「……それで、なんで私のこと呼び出したんですか、今日は」

「来月、結衣の誕生日でしょ？」

「そうですね」

「結衣ってモテるじゃん。プレゼントめちゃくちゃもらうのよ、あいつ」

「そう……でしょうね」

両手いっぱいにプレゼントを抱えている結衣さんが安易に想像できる。

「毎年のことなんだけど、結衣のことを好きな女の子たちから何をあげたら喜ぶか教えて欲しいって、この時期から色々聞かれるのよね」

律さんが心底うっとうしそうにため息をつきながら言う。

「それが私とどう関係が……？」

「事前にかなたちゃんが結衣に何をあげるか聞いて、被《かぶ》らないように誘導してあげようかなと思って」

そう言われて、ぽかんとする。なんでそこまでしてくれるんだろう。確かに、プレゼントは被らない方がありがたいとは思うけど。

「でも私、何をあげるかまだ決めてないんですけど」

「じゃあ、決まったら教えてよ。それまで他の子にはかなたちゃんがあげなそうなもの適当に伝えておくから」

「えっと……なんでそんなことしてくれるんですか？」

「ん？　だってその方が、あいつも喜ぶでしょ」

確かに、同じものを何個ももらっても嬉《うれ》しくないというのはわかる。でも、どうして律さんは私にだけ配慮してくれるんだろう。首を傾げると、律さんが意味深に笑った。

「……それで、悠里はなんで律さんと一緒にいるの？」

「私は律さんと次の遠征の予定組んでただけ」

食堂の机には、北海道の観光ブックが置いてある。「遠征って何？」と聞くと、好きなロックバンドのライブを見るためにはるばる北海道まで追いかけて行くらしい。そのついでに二人で観光するそうだ。

「……なんか、律さんに悠里を取られたみたいで、複雑」

悠里は私が大学で一番仲のいい友達だったのに、律さんと旅行の予定まで立てていると は。まだ私は一緒に旅行なんてしたことなかったのに。そう呟くと、律さんが声を出して笑った。

「その台詞《せりふ》、そっくりそのままかなたちゃんに返すよ。最近、結衣の付き合いが悪いのって、かなたちゃんが原因でしょ」

言われて、ぎくりとする。

「……なんのことですか？」

「別に～？」

はぐらかしたけど、痛いところを突かれた、と思った。律さんは、よく人を見ている。

事実、そうだ。行かないで、とねだったあの日から、結衣さんが夜遊びに出かける頻度は目に見えて減った。あれから彼女が外泊することはなくなって、たとえ夜遅くなったとしても家に帰ってきてくれるようになった。だからといって、夜遊びをやめたわけではなく、もしかして女性と会ってきたのかな、と勘ぐる夜も確かにあったけど。

そこまで行動を制限することはできない。私たちは恋人同士ではないんだから。

結衣さんは、何も言ってくれない。でも、明らかに私を優先してくれているということだけはわかる。それで今は、十分だった。もう少しだけ時間をかければ、彼女の心の奥底を覗《のぞ》けるような気がしている。

彼女が「恋人を作らない」理由が、きっとその向こうにある。自分が彼女とどうなりたいのかも、きちんと時間をかけて整理したいと思っていた。

二人と別れて、帰路に就く。久しぶりにアフタヌーンティーでも楽しもうかと思って駅前のケーキ屋さんでロールケーキを一つ買った。結衣さんは今日、食事会があるから遅くなると言っていたし。

来月の十月十日は、結衣さんの、二十一歳の誕生日だ。何をあげたらいいだろう。欲しいものはなんでも手に入れることができる彼女が喜びそうなものなんて、そう簡単には思い浮かばない。

結衣さんがいつもしているあの、高そうな一粒ダイヤのネックレス。あれってやっぱり、誰かからのプレゼントなんだろうか。白い胸元によく映えるし、素敵だと思う。でも、ネイルも、アクセサリーも、コロコロ変えるくせに、なんでそれだけずっと同じものをしているんだろう。

家に着いて、リビングに置いてある彼女のアクセサリートレーを覗き込む。わかってはいたけど、あのネックレスはない。私だってバイトしているし、アクセサリーをプレゼントしようと思えばできるけど、あれ以上のものを用意できるかと言われたら正直自信がなかった。

「……やっぱり、本人に直接聞こうかな……」

きっと彼女のことだから、何をもらっても嬉しいよと笑って言ってくれるだろうけど。

「ただいま」

結衣さんが帰ってきたのは、九時過ぎだった。疲れたぁ、とため息をつきながら、結衣さんはソファにぽすんと腰掛ける。

「おかえりなさい」

待ってましたと言うように、その隣に腰を下ろす。その胸元には、やはりあのネックレスが輝いていた。

「結衣さん」

「ん？」

黒髪から覗く銀色のピアスを外しながら、彼女が私の方を振り向いた。

「来月、お誕生日ですよね。何か欲しいものありますか？」

いらないものをあげるよりは、必要なものをあげたい。結衣さんみたいに気の利《き》いたことなんてできないから、私の出した結論は「直接聞く」という至ってシンプルな方法だった。

「え？　いいよ。だって私、かなたの誕生日何もしてあげられなかったし」

あっさりそう言われてムッとする。私の誕生日は四月で、その時結衣さんはそれを知らなかった。でも、私は今彼女の誕生日を知っていて、それを祝ってあげたいと思っている。それを否定されるのは面白くない。

「……そんなの関係ないです。誕生日くらい祝わせてくれたって、いいじゃないですか」

言えば、結衣さんが笑って私の頭を撫《な》でた。優しい瞳が私を見ている。

「その気持ちだけで、十分なのに」

「ないですか、欲しいもの。なんでもいいですよ」

「んー、そうだなぁ……」

少しだけ結衣さんは考え込むようにする。そして、思いついたように、あ、と声を上げた。

「香水、新しいやつ。かなたが選んでよ」

選ぶだけでいいから、と続く。なんだそれ、と肩の力が抜ける。

「……選ぶだけなんて、プレゼントって言わなくないですか？」

「バイト代は、自分のために使った方がいいよ」

トレーの脇に鎮座している結衣さん愛用の香水のボトルに視線を向ける。確かにもうなくなりそうだ。いつもその、ピンクのボトルについたリボンがかわいいなあと思ってた。

でも、だ。

「……香水は、嫌です。変えちゃだめ」

「え、なんで？」

「今の結衣さんの匂い、好きだから」

その香水と、長い髪からする優しい香りが混ざった、甘い匂いが私は好き。だからこれは変えて欲しくない。割と本気で。

「この匂い、好き？　じゃあ、かなたもお揃《そろ》いでつける？」

「それはいいです。結衣さんの匂いがわからなくなるのは、嫌」

自分がその香りを纏《まと》ってしまったら、彼女の匂いがわからなくなる。私が好きなのは結衣さんの匂いで、決してその香水だけを好いているわけじゃない。かたくなに嫌だと言えば、結衣さんが「じゃあ変えない」と嬉しそうに笑った。

「とすると、何がいいか思い浮かばないなぁ……」

悩む彼女の胸元で、照明を反射して輝くダイヤ。気になって、自然と手が伸びていく。石には触れないように、そっとそのチェーンを指先で引いた。

「……このネックレス。いつもしてますよね。誰かからのプレゼントですか？」

突然の質問に、結衣さんが目を丸くする。

「これ？　大学に入学した年に自分で買ったんだよ」

「自分で……？」

本当に？　と疑うように見ると、結衣さんが意地悪く笑った。私をからかう時の微笑《ほほえ》みだ。

「一体、何を想像してたの？　もしかして、嫉妬してた？」

顔を覗き込んで距離を詰める彼女の肩を、押し返す。

「嫉妬なんてしてません。元カノ由来の思い出の品かと思ったんですよ。ペアネックレス、っているのは嫉妬なのかなとか……」

「あはは、高校生には買えないよ、さすがに」

ということは、やっぱり相当高いんだ、それ。絶対にイミテーションじゃない。だって明らかに輝きが違うもん。

「……そう、ですよね。すごく素敵だから、気になっただけです」

正直、ほっとした。嫉妬と安堵《あんど》を諭られないように、慌てて彼女から視線を逸《そ》らす。

「そう？　じゃあ、かなたにも同じやつ買ってあげる」

「へ？　そ、そんな高いものもらえません。それに今は結衣さんのプレゼントの話をしているんですよ。私がもらってどうするんですか」

「お揃いですするのがプレゼント、みたいな？」

「言い出したのは私ですけど、一旦ネックレスから離れてください。元カノとペアだから大事にしてるのかなって思って聞いただけで……」

「ねえ、さっきからなんで元カノの話が出てくるの？　私、そんなに引きずってるように見える？」

さらりとそう聞かれて、見える、と素直に頷《うなず》きそうになった。だって、自称、「一途《いちず》だった」はずのこの人が、恋人を作らないと決心するなんて余程のことだ。

そしてそれを大学一年生からずっと変わらず続けているということは相当衝撃的な何かがあったに違いないと睨《にら》んでいる。そんなにかわいかったのか、その子は。私よりも？本当に、考えるだけで腹が立ってくる。

返事に困って黙っていると、結衣さんが吹き出すように笑った。

「本当に引きずってないから、そんな顔しないでよ」

そんな顔、って。そんなに不満そうな顔をしていただろうか。その言葉が誤魔化してるだけなのか、本音なのか、全然わからない。

「……ねえ、結衣さん」

「ん？」

「卒業アルバム、見せてください。高校生の結衣さんが見たい」

そう言うと、彼女が目を丸くした。突拍子もないことを言い出されたからか、驚いて固まっている。

「え、いま？」

「いま」

じっとその瞳を見つめる。同級生と付き合っていたんだとしたら、元カノがそこにいるはずだ。ぱちぱちと長いまつ毛が瞬《まばた》きを繰り返す。早く、と彼女を急《せ》かすと、困ったように結衣さんが頰を掻《か》いた。どれぐらいかわいい子なのか、この目で確かめてやる。

結衣さんがどれだけ彼女を愛していたのかは知らない。でも今は結衣さんに、私の方がかわいいと言わせなければ、このままでは気が済まない、と思った。

自分の部屋に結衣さんを入れたことはあるけれど、結衣さんの部屋に私が入るのは、初めてだ。少しだけ緊張しつつ、彼女の高い背を追う。

「卒アル開くのなんて、卒業以来かも」

ドアの向こうに足を踏み入れると、柔らかな彼女の匂いがして、胸一杯吸い込んだ。

部屋の中には大きなベッドが一つと机があって、想像と違《たが》わずシンプルに整頓されている部屋だった。

クローゼットを開けて、結衣さんが手を伸ばす。青くて分厚い表紙のそれを手に取ると、座って良いよ、と私をベッドに座るように促した。その隣に結衣さんも腰をかける。その青い表紙には、有名な女子大学の、附属高校の名前が金文字で印字されている。内部進学することを想定して入学しているはずなのに、なぜ別の大学を受け直したんだろう。地頭がいい人だけど、勉強熱心なタイプには思えないのに。そう思いながら、固い表紙を開く。

「……卒アルなんか見て、楽しい？」

「楽しいですよ。結衣さん、何組だったんですか？」

「えーっと、三年生の時は、二組だったかな」

　該当のページを探してめくる。四十人ほどいる女の子の顔写真の中で、結衣さんはすぐに見つかった。

「わぁ、かわいい！　でも、やっぱりちょっとやんちゃそう……」

　真面目な女子高校のはずなのに、一人だけピアスをしている美少女が写っている。顔立ちの整い方や垢抜《あかぬ》け方が周りから突出していたから、すぐにわかった。

「成績は悪くなかったから、特に何も言われなかったけどな」

　結衣さんの他の女の子たちを一人ずつ見る。結衣さんが好きそうな、かわいい子を探していく。さすがに清楚《せいそ》な雰囲気でみんなかわいい。視線を滑らせていく度に、少しずつ自信がなくなっていく。

「……何をそんな熱心に見てるの？」

「結衣さん、この中に、好きだった子いますか？」

　隣に座る結衣さんの目をじっと見つめる。教えてくれるかはわからないし、誤魔化されるかもしれないと思ったけれど、聞かずにはいられなかった。

「……いないけど」

「じゃあ、元カノって何組だったんですか……？」

そこまで聞くと、結衣さんが私の真意に気付いたのかふっと、おかしそうに笑った。

「本当の目的はそれ？　私の元カノが見たかったの？」

顔を覗《のぞ》き込んでそう聞かれて、少しだけ気まずくなって視線を逸らす。

「もったいぶらないで、教えてくださいよ」

「残念だけど、この中にはいないよ」

「ふーん……。じゃあ、同級生じゃないんだ。先輩ですか？　後輩ですか？　結衣さんの元カノって、どんな人……？」

目的の人がいないのならと、卒業アルバムをぱたんと閉じる。結衣さんが、困ったように笑った。話したくないのはわかってる。だから、ただ黙ってじっと、その答えを待った。

「うーん……それ、言わなきゃダメ？」

「じゃあ、私の元彼の話もしますから、教えてくださいよ」

「え、やだよ。私、かなたの元彼の話なんて聞きたくないんだけど」

結衣さんが即答したから、思わず笑う。そっと手を伸ばして、結衣さんの手を握った。

こういう時に、役立つ術《すべ》を私は知っている。

「ねえ結衣さん、おねがい。教えてください」

結衣さんは優しいから、女性のおねだりに弱い。あざといかもしれないけれど、どうしても知りたかった。

「ええ……。そんなこと聞いてどうするの？」

「知りたいんですよ。ね、結衣さん」

そう言えば、結衣さんは仕方ないなぁ、とため息をつく。

「大学生だったんだよ。四つ上で、高一から高三まで、付き合ってた」

大学生？　四つ上？　ってことは、十六歳の結衣さんが付き合ってたのは、二十歳の女性？

「……犯罪」

「絶対そう言うと思った。だから言いたくなかったのに」

「そんな人と、一体どこで知り合うんですか？」

「いや、家庭教師だったから……」

「結衣さん、先生に手を出したってことですか？」

「……そこは、相手が生徒に手を出した、って言うべきじゃない？」

「だって、どうせ結衣さんから迫ったんでしょ？」

「もうなんとでも言ってよ……」

結衣さんが、気まずそうに視線を逸らす。余程言いたくなかったのか、はぁ、と肩を落としてため息をついた。

「結衣さんって、年上が好きだったんですか……」

年齢は、どう足掻《あが》いても越えられない壁。私は彼女より二つも下だし、結衣さんの元カノと比べたら六つも下だ。

「年齢は別に気にしたことないけど」

「そうですか……」

でも、女子高生が同性の家庭教師と付き合っていた、なんて中々聞かない話だ。結衣さんがここまで言い渋っていたということは、今まで誰にも言ってなかったんだろう。彼女に迷惑をかけないように。

「今、何してるんですか、元カノは」

「辞めてなければ、学校の先生じゃないかな。別れたのは卒業の直前だったし、それ以降は連絡取ってないから、わかんないよ」

以前、結衣さんは「自分がフラれた」と言っていた。原因は自分にある、とも。

高校を卒業して、晴れて大学生になれば、秘められた関係から解放されるはずだったにも拘《かか》わらず、なぜ別れたんだろう。聞けば聞くほど、本当にわからない。今まで結衣さんと一緒に暮らしてきたからわかるけど、結衣さんは恋人にするなら完璧な人だと思うのに。

……女癖の悪さは、さておき。

「……まだ、気になったりします？」

「まさか。もう何年も前の話だよ」

「どうして、別れたんですか？」

「んー……知りたい？」

「知りたい、です。もっと、結衣さんのこと」

そう言えば、結衣さんが優しく笑った。突然、彼女の腕が伸びて、私の頬に触れる。

「……そのうち、話してあげる。今日はこの話はおしまい」

深い黒の瞳が私を窘《たしな》める。これ以上は、踏み込まないでと言われた気がした。引かれた線の向こう側に、今すぐに飛び込みたいのにそれを彼女は許さない。

私のこと好きって言うくせに。特別だって言うくせに。不満で、少しだけ唇を尖《とが》らせて俯《うつむ》く。

「……じゃあ、最後に一つだけ質問。私より、かわいかったですか、その人」

ふふっ、と結衣さんが笑う声がした。なんで笑うんですか、と文句を言おうと顔を上げる。私を見つめるその瞳は穏やかで、凪《な》いでいるはずなのに、私の心を掻き乱して仕方ない。

「そんなことないよ、かなたの方がかわいい」

頰に触れた手が、首の後ろに滑る。逃げないように固定されてしまったことに気付いたけど、そのまま顔が近づいて、自然と唇が重なった。軽く、触れるだけのそれは一瞬で、至近距離で目が合うと、結衣さんは目を細めて笑った。

「……なんで、キスするんですか」

「かわいいなって思ったら、キスしたくなるのって当たり前の感情じゃない？」

そう、なのかな。わからない。でも、結衣さんの部屋で、彼女のベッドの上で、こんなことをされてしまったら少しだけ意識してしまう。

「……その理屈で言ったら、いつもは私のこと、かわいいと思ってないってことになりません？」

ここ最近なんか、特に。結衣さんに噛《か》み付《つ》いてしまってから、もう半月は経《た》つ。でも、あれから一度もキスされなかった。めんどくさいことを言ってしまった自覚はある。

「いつもキスしたいって思ってるよ。我慢してるだけ。最近は、誰かさんに噛まれた舌が痛くて」

真《ま》っ直《す》ぐに私を見つめてくる黒い瞳には、意地の悪い色が浮かんでいる。結衣さんは、優しいんだけどたまにすごく意地悪だ。

「……ちょっと切れただけじゃないですか。あんな傷、大したことないです。口の中の傷なんて、舐《な》めてればすぐに治りますよ」

本当は、すごく悪いと思ってる。だからこれは照れ隠しだ。怪我《けが》させてしまったことに関しては、ちゃんと謝ったし、多少の口答えぐらい許して欲しい。

「自分の舌なのに、どうやって舐めるの？　そこまで言うなら、かなたが舐めてよ」

舐めるって、何を？　結衣さんの、舌を？　とんでもないことを言われて、唖然《あぜん》とする。

「……とっくに治ってますよね？」

「ううん、まだ痛い」

私の肩に、触れた手に力が入る。体重をかけられた身体《からだ》はあっさりと倒れ、彼女の匂いがするベッドに呆気《あっけ》なく沈む。

「ちょ、っと、結衣さん……！」

半月前の傷が治ってないわけがないでしょう、と言いかけて、想像以上に近い距離に思わずごくりと生唾を飲んだ。心臓が、ドクドクと急速に鼓動を速める。押し倒されて、目の前に、彼女のネックレスが揺れた。あの夢と同じだ。なんでこんな時に思い出してしまったんだろう。途端に顔が熱くなってくる。

触れた手が、頬を優しくなぞって、親指が私の唇に触れる。静まりかえった室内に、衣《きぬ》ずれの音だけが響いた。

呼吸が浅くなって、私の胸が上下する。緊張していることにどうか気付かないで、と結衣さんを見上げると、愛《いと》おしそうに私を見つめる瞳と目が合った。そう感じてしまうのは、私の勘違い、なんだろうか。こんな眼差《まなざ》しで見つめられると、拒否することができなくなる。

「……噛まないでね」

親指が、少しだけ私の唇を割って口の中に入る。それから、顔が近づいた。付き合ってないのに、こんなことしちゃいけない。また心がめちゃくちゃになるってわかってる。

拒否しなきゃいけないのに、私の手は彼女の服を摑《つか》むことしかできない。これでは縋《すが》り付いているのと何も変わらない。開いた口の隙間から、親指が抜けた代わりに彼女の甘い舌がぬるりと忍び込んでくる。

「ん、ん……」

柔らかな舌が絡《から》んで擦《こす》れ合った瞬間、意識せずに腰が浮いた。頭がぼうっとしてくる。なんでだろう、キスは初めてじゃないのに、言葉にできない感情が次から次へと波のように押し寄せてくる。

濡《ぬ》れた音が、静まりかえった部屋に響く。苦しくて押し返そうとした舌を吸われて、もうだめだ、と思った。息が苦しい。どうにかなりそうだ。なけなしの理性で彼女の肩を押す。すると、彼女は最後に私の唇を舐めたあと、あっさりと離れた。

「……な、ながい、です。死ぬかと……思った」

肩で息をして、必死に肺に空気を送り込む。結衣さんは親指で私の濡れた唇を拭って、満足そうに笑った。

「ありがと、かなたのおかげで傷、治ったみたい」

そう言って、傷一つないその舌を出して見せた結衣さんの肩を、思い切り叩《たた》いた。またキスされないように、腕で口元を隠してじっと結衣さんを見上げる。

「……キスしたかっただけのくせに」

そう言い返すと、結衣さんが笑う。彼女はこれ以上する気がないみたいだったから、少しだけ安心して、上体を起こした。なんだか、うまく誤魔化された気がする。結衣さんって、いつもこうだ。はぁ、とため息をつく。

「……もういいです。元カノのことも、終わった話だし……」

「そうそう。それに今は、かなたのことが一番好きだよ。それじゃだめ？」

そんなのだめです、と言いかけた口を噤《つぐ》む。言い返したってきりがない。結衣さんに、口では絶対に勝てないってもう、わかっているから。

「……誕生日プレゼントだけ、何欲しいか考えておいてくださいね？」

「あー、うん。欲しいもの、もう決まった」

「え、なんですか？」

「当日の夜に言うから、何も用意しなくていいよ」

「なんで当日……？」

当日に言われてしまったら、その日のうちにプレゼントできないじゃないか、と思う。不思議に思って首を傾《かし》げると、いいから、と結衣さんが諭すように言うから渋々頷《うなず》いた。

「当日は食事会があるから、帰りは九時くらいになると思う。だから、家で待っててよ」

「わかりました……」

いまいち何を企《たくら》んでるのかよくわからないな、と思う。さ、戻ろっか、と結衣さんが立ち上がるから、私も続けて立ち上がった。ああ、もうちょっと結衣さんの部屋でくっついていたかったな、なんて気持ちを押し殺してリビングへ向かう。

まあでも、ソファでだってくっつけるし、別にいいか。結衣さんがそこにいるなら、場所なんてどこでも構わない。

◇◇◇

「……というわけで、律さんにはせっかくご配慮いただいたんですが、結衣さんへの誕生日プレゼントは何も用意しないことになったんですよね」

夕方の喫茶店。カウンター越しに不満げに呟《つぶや》くと、大学帰りに寄ってくれた律さんが、ケーキにフォークを突き刺しながら怪訝《けげん》そうな顔をした。

結衣さんの誕生日が、目と鼻の先に迫っている。誕生日プレゼントに何が欲しいか直接尋ねたら、何も用意しなくていいと言われたのはつい先日のことだ。

何か形の残るものを私からもあげたかったのに、率直に言えば不本意であることは否《いな》めない。

「……あいつ本当、何企んでるんだろうね？」

カウンターに片肘をついて、律さんが不思議そうに首を傾げる。

「他の女の子たちには、なんてアドバイスしたんですか？　結衣さんへのプレゼント」

律さんは前に、『他の女の子たちに意見を求められたら、かなたちゃんがあげなそうなもの適当に伝えておく』と言っていた。

私の手から結衣さんへプレゼントを渡せない以上、他の誰かからのプレゼントが形として残ることに対して、はっきり言ってあまりいい気はしなかった。だからちょっと気になる。他の子が何をあげるのか。

「んーとね、歴史ドラマのブルーレイセット。聞いてきた子全員に、全部違うシリーズ伝えておいた」

「え、歴史ドラマ……？」

なんで、歴史ドラマなんだろう。確かに結衣さんは映画好きだ。でも、一緒に暮らしてしばらく経つけれど、結衣さんが歴史ドラマを観《み》ているところなんて一度だって見たことがない。

「律さん、結衣さんって洋画派だと思いますよ。この前だって、すごいの観てましたし。バイクとかトラックがいっぱい出てきて、変なマスクの人とか白塗りの人が出てくる……」

「あー、わかる。それ私も観たことあるよ。タイトルなんだっけ……忘れたけど」

律さんは、全然驚かない。この様子だと、結衣さんが洋画派だって最初から知っているような気がした。じゃあ、なんで歴史ドラマ？　私が首を傾げたのに気付いたのか、律さんがにっと笑った。

「歴史ドラマはね、私がハマってんの」

驚きを隠せなかった。さすが律さん……としか言いようがない。結衣さんへのプレゼントをそのまま横流ししてもらおうという魂胆らしい。抜かりない人だと思わず笑ってしまう。

「……律さんは、結衣さんに何をあげる予定なんですか？」

律さんは結衣さんの親友だから、きっと何か用意するに違いない。素敵な関係性だと理解しているから、私は律さんに対しては不思議と対抗心が湧かない。

「鮭《さけ》とば」

ケーキの最後のひとかけらを口に放り込んで、律さんが真顔でそう私に告げる。一瞬、その単語があまりにも誕生日とはかけ離れていて理解できなかった。

「鮭とば……？　それ、プレゼントじゃなくて、北海道のお土産ですよね……？」

律さんは先日、悠里と一緒に北海道に「遠征」に行ってきたばかりだ。悠里からは、私もお土産にとヒグマのキーホルダーをもらった。使いどころに困って、自室の引き出しの中に眠っているけど。

「私はいいのよ、別に大したもんあげなくても」

そういうもの、なのかな。よくわからない。でも、確かに……律さんと結衣さんにとっては三回目の誕生日だし、よく考えてみればそれもそうか、と思う。

ただ私が、初めて祝う結衣さんの誕生日に特別感を覚えているだけなのかもしれない。

「……結衣さん、その日は食事会なんですよね。だから、帰ってくるのも遅くなるみたいなんですよ」

「あー、お父さんとでしょ？　誕生日だしね」

「美味《おい》しいご飯食べてくるでしょうし、私は結衣さんに、誕生日のお祝いらしいこと何もできないですよね……」

家族を優先するのは仕方がないことだ。父親にとっても年に一度しかない娘の誕生日を祝いたくないわけがない。でも、食事どころかプレゼントすら用意できなかったら、本当に私にできることなんて限られてしまう。

「あ、そうだ。それなら、シャンパン買ってきてあげようか？　かなたちゃん、十九歳だからまだお酒買えないでしょ」

「え、いいんですか？」

「もちろん。帰ってきたら、飲み直してお祝いしてあげなよ。結衣、絶対喜ぶから」

律さんは、なんだかんだ言ってもやっぱり結衣さんのことを友人として大切にしている気がする。結衣さんも多分、律さんのことはまた違った意味で特別だと思っているに違いないと思った。

　バイトを終えて帰宅すると、ちょうど結衣さんも帰ってきたばかりだったらしく、ばったりと玄関前で鉢合わせした。

「あ、かなた、お帰り」

「結衣さんも、お帰りなさい。今日は遅かったんですね」

　当たり前のように結衣さんがドアを開けて中に入るように促してくれるから、私も当たり前のように先に中に入った。

「今日、お父さんに呼び出されて、会社に寄ってきたから遅くなっちゃったんだよね」

　靴を脱ぐために少し屈《かが》んだことで、ふわりと香る結衣さんの匂い。家にいる時とは違う香りがするから、相変わらずどきどきする。なくなりかけていたはずのピンクの香水のボトルは気付けば新品に変わっていて、「変えないで欲しい」という要望が通ったことを知って、本当に嬉《うれ》しかった。

　帰るなり真っ先にリビングのソファに腰を下ろすと、結衣さんがキッチンから「何か飲む？」と聞いてくれる。その言葉に甘えて、今日はホットミルクをお願いした。

　結衣さんって本当に腰が軽くてなんでも文句も言わずにやってくれるから、どんどん自分がだめになってしまいそうになる。でも――私を甘やかしてくれるのが、嬉しい。そう思ってしまうんだから、もうどうしようもない。

コーヒーテーブルに並べられる、ハイボールとホットミルク。彼女と私を区別する年齢の壁。たった二年、されど二年の歳《とし》の差がこんなところにも表れる。

結衣さんは私の隣に腰を下ろしたあと、グラスを傾けて一気に喉の奥へとハイボールを流し込んだ。白い喉が動いて、視線が釘付《くぎづ》けになる。こんなにがぶがぶ飲んで、大丈夫なんだろうか。いつも顔色一つ変えないから、本当に、お酒には強いんだろうけど……たまに、飲みすぎる時もあるみたいだし。

「そういえば、結衣さんの誕生日の食事会って、お兄さんも来るんですか？」

ちょっとだけ、疑問に思っていたから聞いてみる。結衣さんには、お兄さんがいる。前に、お父さんと仲が悪いとは言っていたけど、さすがに誕生日は家族で過ごすのだろうと思った。でも、私の考えをよそに、結衣さんが笑って首を横に振った。

「雪にぃとお父さんって本当に仲悪いから、一緒に食事したら誕生日祝いどころかお通夜《つや》になっちゃうよ」

え、そこまで仲が悪いの？　と正直ちょっと驚いた。帰省した時に、私のお父さんが言っていたことを思い返す。

確か、「まだ和解していないのか」って言ってた。私のお父さんがそれを認識しているということは、相当根深い問題なんだろうか。

「……そう、なんですか」

「そう。間に入るのも、大変なんだよね」

結衣さんが深いため息をつく。余程苦労しているのだろう。家族間の不和は、あまり望ましいものではない。ましてや、たった三人しか居ない家族だ。バラバラになるのは、悲しい。そこまで考えてふと、結衣さんのお兄さんってどんな人なんだろうと興味が湧いた。会って、話がしてみたい。結衣さんのことをもっと知りたいと思う気持ちはどんどん膨らんでいくばかりだ。

「……会ってみたいです、結衣さんのお兄さん」

そう呟くと、グラスに口を付けようとしていた結衣さんの手がぴたりと止まった。なんか変なこと言ったかな、と結衣さんを見つめる。

「結衣さん？」

不思議に思って、どうかしましたか、と続けると、結衣さんがその形の良《い》い眉を寄せた。グラスは口元まで辿《たど》り着《つ》くこともなく宙を彷徨《さまよ》ったままだ。

「会いたいの？　雪にぃに？」

「えっ……はい、会ってみたいなって思いますけど……」

「……かなたって、私の顔、好き？」

「へ？」

何を、突然。突拍子もないことを聞かれて、真っ直《まっす》ぐに見つめてくる顔を改めてじっと見つめ返した。

「……逆に、結衣さんの顔、嫌いな人なんているんですか？」

本音がぽろっとこぼれ落ちる。初めて会った時、本当にびっくりした。こんな綺麗《きれい》な人、芸能人以外に存在するんだ、って。今でこそ見つめ返すことができるけど、最初は直視すらできなかった。

でも、褒めたはずなのに、結衣さんの眉間にさらにしわが寄ったから、おかしいな、と思う。

前に容姿を褒めた時は、言われ慣れているのか特に嫌そうな素振りなんてしなかったのに。

「じゃあ、私が男だったら、付き合いたいと思う？」

急に聞かれて、ぎくりと背筋が伸びる。男性だったら？　そんなの考えたことなかった。

だって結衣さんは見た目も中身もれっきとした女性だし、男性っぽいところを感じたことすらない。

「……性別関係なく、浮気《うわき》性の人はいやです」

質問から逃れるように、苦し紛れにそう言うと、結衣さんがさらに続けた。

「一途《いちず》だったら、どう？」

逃げ道が、断たれた。断崖絶壁に追い詰められた気分。その条件を提示されてしまったら、私の答えは一つしかない。

そもそも、結衣さんは女性でもモテてるんだから、今更性別なんて関係ないと思うのは私だけだろうか。結衣さんは、男性だったとしても女性だったとしても、今とさほど変わらないと思うけど。

「えっと……大企業の御曹司で、美形で、優しくて、一途なんですよね？　そんな人が現実に居たら、好きにならない方が無理がありません？」

そんな優良物件を嫌がる人なんてこの日本には存在しない。もし、そんな完璧な人が実在したらの話だけど。そこまで言うと、結衣さんが苦虫を噛《か》みつぶしたような顔をして、深くため息をついた。

「じゃあ、だめ」

え、だめって、何が？　話が読めなくて、思わず首を傾《かし》げる。

「雪にぃには、絶対に会わせない」

そこまで言われて、これが「結衣さんが男性だったら」じゃなくて、「雪哉《ゆきや》さん」の話だったのかと、合点《がてん》がいく。

あれ、そうだとしたら私、今とんでもないこと言ったかも。雪哉さんのこと、「好きにならない方が無理がある」、って……。

結衣さんが、ぐいっと一気にハイボールを呷《あお》る。

「……そうだよね、かなたは、ストレートだもんね。私と同じ顔の男がいたら、そっちの方がいいよね」

むっとした顔で、いじけたようにそう言うから、思わず焦《あせ》って結衣さんの手を摑《つか》んだ。

「結衣さん、誤解です。結衣さんのお兄さんに会いたいって言ったのは、紹介して欲しいって意味じゃなくて……」

コーヒーテーブルに、ドン、とグラスを置いて、結衣さんがじとりと恨みがましく私を見た。私、もしかしなくても、結衣さんの地雷踏んだかも。つーっと、背中に汗が伝うのがわかった。

「かなた」

「は、はい……」

結衣さんの白い腕が伸びて、私の身体《からだ》を抱き寄せる。抵抗することなく、私はその腕の中にすっぽりと収まった。結衣さんの香水の甘い匂いがして、私もおずおずとその背に腕を回して抱きしめ返す。そんなつもりじゃなかったって、ちゃんと伝えないと。ぎゅうっと抱きしめてくる腕の強さに胸の奥が締め付けられるようだった。

「……もしも結衣さんが男性だったらって話かと思ったんですよ。結衣さんのお兄さんのことを、想像してたわけじゃなくて」

ああ、違う。そうじゃない、そんなことを言いたいわけじゃない。男性だったら付き合いたかったなんて、そんなこと、一度だって思ったことはない。結衣さんは、結衣さんだ。性別なんて関係なく、彼女は素敵な人だと思う。どうすれば伝わるんだろう。何を言ってもこれじゃ、墓穴を掘るような気しかしない。

「ふーん……」

不満げな声が耳元でする。結衣さんでも拗《す》ねることあるんだな、となんだかくすぐったい気持ちになる。まるでいつもの私たちとは逆みたいだった。

そういえば、初めてキスされた時も確か、結衣さんはこんな感じだった。

「……お兄さんのこと、好きになったりしないです」

「本当に？」

なんだか拗ねる結衣さんをたまらなく愛《いと》おしく感じて、頬が緩む。結衣さんって、嫉妬するようなタイプに見えなかったのにな。

「……まあでも、会ってみないと、わかんないかもしれないですけど」

いつも意地悪されているから、たまには仕返ししちゃえ。そう言えば、さらに強く強く抱きしめられる。優しい結衣さんも好きだけど、たまにこんな風に強く抱き寄せてくるこの腕が、好きだったりするのは、まだ秘密。

「雪にぃには絶対にあげない」

「……いつから私、結衣さんのものになったんですか?」

「最初からだよ、かなたがこの家に来た時から」

理不尽な、と笑う。でも、そんな強引な結衣さんも嫌いじゃないなあ、と思ってしまう私も相当、結衣さんには甘いのかもしれない。

第10話　来年も、その次の年も、同じお願いをするから

思えば、こんなに真剣に誰かの誕生日を祝いたいと思ったのは、生まれて初めてかもしれない。

恋人でもない。友達――とも違う。結衣さんと私の関係は、とても一言では言い表せない。

父親が友人同士で、同じ大学で同じ学部の先輩後輩。傍目《はため》からみれば、一つ屋根の下で生活しているだけの関係。私が大学を卒業するまでの四年の間に、日本に私の家族が戻ってきたりでもしないかぎり、この同居生活は続いていく。

今、結衣さんは大学三年生で、卒業までは一年とちょっとしかない。そう考えると、少しだけ寂しく感じたりもする。

キッチンに立ったまま、グラスの中でマドラーと氷がぶつかる音を聞きながら、その透き通った金色の液体を見つめていた。

卒業したら、結衣さんはお父さんが経営する会社に入ることが決まっている。就職活動

はしなくていいにしたって、入社してからは忙しくなるだろうし、今みたいに構ってもらえる時間も減るかもしれない。

ぼーっとしていたら突然、ハイボールを混ぜる手を上から被《かぶ》せるように掴まれて、はっと我に返る。

「……かなた、そんなに掻《か》き混《ま》ぜたら炭酸抜けちゃうよ」

いつの間にかキッチンに来ていた結衣さんが、半分笑いながら言う。慌てて壁掛け時計に視線を向けると、時計の針はもうちょっとで、てっぺんを指すところだった。

今日は九日の夜。明日《あした》は結衣さんの誕生日。誕生日のお祝いはもちろん明日の夜にする予定だけど、日付が変わるまでリビングにいて欲しいとお願いしたのは私だった。誰よりも先に、結衣さんにおめでとうと言いたかったから。

「考え事してました、すみません」

ここにいて欲しいと言ったのは自分なのに、この体たらく。時間も忘れて考え込んでしまったこと、少し反省する。

「どうしたの、何かあった？」

優しく問われて、彼女の指先がそっと、頬にかかる私の髪を耳にかけてくれる。結衣さんは、掻き混ぜすぎて美味《おい》しくなくなってしまったハイボールに文句も言わずに「作ってくれてありがとう」と言ってくれた。その優しい瞳がずっと私だけに向けられていることを、願わずにはいられない。

「なんでもないんです、ただ……」

「うん？」

「結衣さんが、二十一歳になっちゃうのが寂しくて」

結衣さんが年上の女性と付き合っていたこと、正直に言うと私は少し気にしている。私を特別だの好きだの言っておいて、過去に付き合っていたのが結衣さんよりも年上の女性だったなんて、想定外だった。自惚《うぬぼ》れかもしれないけど、てっきり、結衣さんは年下が好きなのだとばかり思っていた。

「歳《とし》の差って厄介ですよね。ずっと追いつけないから」

「そう？　……追いついちゃうのも、寂しいよ。ずっと追いつけないままの方が幸せだよ」

結衣さんが、ふっと寂しそうに笑う。何を言おうとしているのか、すぐにはその言葉の意味がわからなかった。そのどこまでも深い、夜の海みたいな瞳を見つめ返して、遅れてその言葉の本当の意味に気付く。まもなく、時計の長い針と短い針が、重なろうとしていた。

そっか。結衣さんはお母さんを若くして亡《な》くしているから。亡くなった人は歳を取らない。歳の差はずっと、縮まる一方だ。そう遠くない将来、彼女は自分の母親の年齢に追いつくだろう。その時、結衣さんはどう感じるだろうか。もし結衣さんがそれを寂しく思うなら、その時、他の誰でもなく私が、彼女のそばにいたいと思った。

カチ、という時計の針の音と同時に、結衣さんに擦り寄る。

「……結衣さん、お誕生日おめでとうございます」

少し遅れて、コーヒーテーブルに置きっぱなしだったのであろう結衣さんのスマホが何度も震える音がする。相変わらずのモテっぷりだな、と思わず苦笑いする。一緒に住んでいてよかった。誰よりも早く伝えられたことにちょっぴり優越感。今、私が結衣さんを独り占めしている。

「ありがと」

腕がそっと腰に回って、抱きしめられる。ぴったり身体が密着すると、結衣さんがふふっと笑ったのがわかった。

「あーあ、かなたの誕生日も、お祝いしてあげたかったな」

「もうすぐですよ、四月なんて」

そう、四月なんてきっとあっという間だ。結衣さんと暮らしてから、もう半年が経《た》った。

それは結衣さんとの同居生活の八分の一の期間が過ぎたことを意味する。

結衣さんは恋人を作らない。もしもその主義を貫いてくれるなら、少なくとも残り三回の誕生日の一番乗りは私だけのものだ。それでいい。関係に名前をつけなくたって、今彼女は確かに、私のそばにいる。それ以上、私は結衣さんに何を求めたらいいんだろう。私の心はずっと、迷ってばかりいる。

明日は行きつけのケーキ屋さんでショートケーキを二つ買って、結衣さんを待とう。お腹《なか》いっぱいの結衣さんがそれを食べられるかどうかはわからないけど、私は口下手だから、できる限り、形として彼女に気持ちを伝えたいと思った。

◇◇◇

翌日。結衣さんは午後から出かける準備を始めた。お父さんとの食事会のはずなのにどこか気乗りしなさそうな顔をしていたのが少しだけ気がかりだったけど、深くは追求しなかった。

「じゃあ、九時には帰ってくるから」

腕時計をしながら結衣さんが言うので、ソファの上でシャチのぬいぐるみを抱きしめながら黙って頷《うなず》くと、結衣さんが笑って私の顔を覗《のぞ》き込む。

「もしかして……拗ねてる？」

結衣さんが面白そうに指摘してくるから、それが私は面白くない。

「別に、拗ねてなんか……」

「できるだけ早く帰ってくるね」

私の意地っ張りなところなんてお見通しだと言うみたいに私の頭を優しく撫《な》でたあと、結衣さんは行ってしまった。

そこはキスするんじゃないんだ、と家主がいないソファで、拗ねたようにブラブラと足を遊ばせる。静まり返った広い家。結衣さんは、こんな広い家で暮らしてきたんだ——ずっと一人で。

結衣さんが映画を好む理由が、なんとなくわかった気がした。


夕方、律さんが約束通りシャンパンを持って現れた。ありがたく受け取ったのはいいけど、肝心のお代は受け取ってくれなくて。どうやらプレゼントは鮭《さけ》とばだけじゃなかったらしい。昨日私もちょっとだけご馳走《ちそう》になったけど、すごく美味しかったから本気で結衣さんへのプレゼントはそれだけなのかと思ってた。

もう少しお話ししたかったのに、用事があるからって律さんはさっさと帰ってしまったから、また独りぼっちで夜を待つ。まだかな。早く帰ってこないかな。考えれば考えるほど待ち遠しい。行きつけのケーキ屋さんで買った二つのショートケーキは今か今かとその時を待っている。

家の中をうろうろしたり、普段ならしない家の掃除をしてみたり、家中のグラスを片っ端から磨いたりして時間を潰した。

夕飯は、配達アプリで簡単なものを頼んだ。一人で食べるご飯なんてこんなものだ。食後にソファでごろごろしていたら、気付けば私は眠りに落ちてしまっていた。

ピンポーン、とインターフォンを鳴らす音で目が覚める。思わず時計を見る。まだ九時にはなっていなかった。約束通り、本当に早く帰ってきてくれたらしい。

眠たい目を擦《こす》って起き上がる。結衣さん、鍵忘れたのかな。しっかりした人なのに珍しいこともあるものだ。ソファの下に脱ぎ捨てていたスリッパも履かずに、ペタペタと廊下を走った。

はやる気持ちを押し殺しながら、慌てて鍵を回して勢いよくドアを開ける。

「結衣さん、お帰りなさ……」

そう言って視線を上げた瞬間、ドアの目の前に立っていた、長身の男性と目が合った。

手には大きな花束を抱えている。勢いよくドアが開いたせいか驚いた顔をしたその人の、瞳の色を私は知っている。

深い深い、夜の海みたいな、優しいその黒い瞳。整った顔に、よく知る面影が重なる。

この人、まさか――。

「あれ、もしかして……結衣、出かけてる？」

突然そう言われて、自己紹介をする前に反射で頷く。

「予定聞いとけばよかった、失敗したなぁ。あ、君がかなたちゃん……だよね？」

「……あ、えっと、はい、初めまして……」

「初めまして。結衣の兄の、一ノ瀬雪哉《ゆきや》です」

にっこり笑うその表情に、既視感を覚える。あぁ、やっぱり、と思った。勘違いなわけがない。その笑顔が、とてもよく似ている。本物の、結衣さんのお兄さんがそこに立っていた。

「結衣さんは今日、お父さんとお食事に行ってて……もうちょっとで帰ってくると思います。よかったら、中でコーヒーでも如何《いかが》ですか？」

思わずそう声をかけて、家の中に招いたのはいいけれど、私は先日結衣さんが、お兄さんには絶対に会わせないとぶーぶー言っていたことを思い出していた。

あの後、損ねてしまった機嫌を取り戻すのは本当に大変だった。私を抱きしめたまま離してくれなくなってしまった結衣さんは、いかに雪哉さんが女性にモテるのか、ライバルも多いし好きになっても絶対に苦労する、やめておいた方がいい、などネガティブな情報ばかりを私にこんこんと説明した。

それ、そっくりそのまま結衣さんのことじゃないですか——と言いかけたけど、早いところ機嫌を直して欲しかった私はそれを黙って受け流して聞いていた。

そんな、悪名高い結衣さんのお兄さんが今、目の前にいる。

リビングに入ると、雪哉さんはダイニングテーブルの椅子に腰掛けた。曰《いわ》く、「ソファは結衣の特等席だから、座ると嫌がる」らしい。知らなかった。私は気にせず結衣さんの特等席にいつも座っているけど、特に何も言われたことはない。

「雪哉さん。ブラックでいいですか？」

キッチンから顔を出して尋ねると、彼は、「うん、ありがとう」とにこにこ笑って頷いた。

結衣さんお気に入りのブレンドコーヒーを淹《い》れる。時計の針をチラリと見ると、そろそろ九時になりそうだ。結衣さんがいつ帰ってきても、おかしくはない。コーヒーを淹れつつ雪哉さんを盗み見る。染めていないのだろう黒髪は結衣さんと同じ色をしている。見た目の印象はさわやかそのもので、清潔感のかたまりって感じだ。おまけに身長も高い。結衣さんが高身長だから、お兄さんもそうかなとは思っていたけど。

結衣さんがあそこまで言うだけある。確かに、雪哉さんは恐ろしくモテるだろうな、と思った。

「どうぞ」

コーヒーを、雪哉さんの前に置く。

「ありがとう。待たせてもらってごめんね。僕も結衣のスケジュールをちゃんと聞いておけばよかったんだけど」

「いえ、雪哉さんのお話は結衣さんからよく聞いていたので、お会いできて嬉《うれ》しいです」

「僕も会えて嬉しいよ。結衣の言う通り、本当にかわいいね。どう、結衣とは楽しくやれてる?」

出た、一ノ瀬家の血筋。女たらしの血。いきなり目を見つめてかわいいと言われて、どう反応していいのかわからなくて視線を彷徨《さまよ》わせると、雪哉さんがふっと笑った。

「はい、おかげさまで……結衣さんには本当にいつもよくしていただいています」

一回喧嘩《けんか》したけど、とは言わないでおく。すると雪哉さんがマグカップに口をつけて、嬉しそうに笑った。

「仲良くやれてるんだったら、よかったよ。そういえば……父さんと結衣ってそんなに頻繁に会ってるの？」

「月に一回は食事しているみたいです。あと、会社の人も一緒、って言ってましたけど」

「会社の人……？　あー、なるほど」

不安そうな顔をしている私に気付いたのか、雪哉さんが笑った。

「あ、もしかして結衣から聞いてるの？　僕と父さんが仲悪いって」

「えっと……はい」

恐ろしく察する能力が高いのも、結衣さんと似てる。兄妹《きょうだい》ってすごいな、と思う。

「……やっぱり結衣、気にしてる？」

どうしよう。はっきりと「気にしています」と言った方が良《い》いのか、わからずに思わず視線を泳がせてしまう。気にしてない、と言ったら嘘《うそ》になる。お父さんとお兄さんの仲が悪いと大変だって言ってた。仲良くしてくれた方が結衣さんにとってもいいに決まっている。でも、結衣さんが今までお兄さんにもお父さんにも和解を求めてこなかった、ということは何かしらの理由があるわけで。

「……どう、ですかね。結衣さんに直接聞いてみないと、なんとも……」

結局曖昧な返事になってしまう。これでは「気にしています」と言っているようなものだ。我ながら、口下手すぎる。

「ふふ、そっか。そうだよね。困らせちゃってごめんね」

雪哉さんが、そう言って笑う。困らせるとわかっているなら、最初から聞かないで欲しいのに。雪哉さんは本当に結衣さんにそっくりだ。

でも——雪哉さんに見つめられても、かわいいと言われても、結衣さんに言われた時のような、心臓がキュッとなるような感覚はなかった。それは彼が、私に対してその気がないから、なのか。

「……結衣は昔から物わかりがよくて、全然わがままを言わない子だったんだよね。今も大して変わってないみたいだけど」

なんとなくそれは想像がつく、と思った。最近の結衣さんは嫉妬したり拗《す》ねたり、少しは感情を素直に伝えてくれるようになったけれど、いまだに何を考えているのかわからないことの方が圧倒的に多い。

「あまり不満を言わないから、いつも心配なんだよ。僕は、結衣にもっともっと自由に生きて欲しいんだけど」

自由に。それは、どういう意味だろう。父親に縛られなくていいという意味だろうか。

じっと彼の瞳を見つめ返す。その深い色の瞳からはどんな感情も読み取れない。

　雪哉さんは、知っているのだろうか。結衣さんが同性愛者だってこと。いくら結衣さんが大学では隠していないからといって、家族にもそうだとは限らない。多分、結衣さんのお父さんはそれを知らないはずだし。

　なんて言葉を返したらいいかな。少しだけ迷っていると、突然、玄関から物音がして私はびくりと背筋を伸ばした。

「かなた？　誰か来てるの？」

　結衣さんが、帰ってきた。玄関にある雪哉さんの靴に気付いたらしい結衣さんの、不満そうな声がする。慌てて立ち上がって、廊下とリビングを繋《つな》ぐドアに向かう。でも、私が開けるより早く、ドアが勢いよく開いた。

「結衣、おかえり」

　結衣さんが、びっくりしたような顔をして、中途半端《ちゅうとはんぱ》な位置で突っ立っている私と雪哉さんを交互に見つめる。

「お、おかえりなさい、結衣さん……」

　状況を飲み込んだらしい結衣さんが、少しの間を置いて少しだけ不満そうな顔をする。

「……なんで、雪にぃがいるの」

「誕生日のお祝いに来たんだけど……あれ、お呼びじゃなかった？」

雪哉さんは立ち上がると、テーブルの上に置いていた花束をそっと結衣さんに手渡した。

「二十一歳の誕生日、おめでとう」

「……ありがとう。でも、次から来る時は連絡してね」

「ごめんごめん、驚かせたかったんだよ」

ふう、とため息をついて、それから結衣さんが安心したように笑った。よかった、一瞬結衣さんが不満そうな顔をしていたから、喧嘩が始まるかと勘繰ってしまったけど、杞憂《きゆう》だったようだ。

「お、ずいぶんいいものもらったね」

雪哉さんが、結衣さんが手に下げていた淡いブルーの紙袋に気が付いて、からかうように言った。それが高級ジュエリーブランドの袋だと、私もすぐに気が付いた。

「それ、父さんから……な、わけないか」

「誰からでもいいでしょ、雪にぃには関係ないよ」

お父さんじゃないとしたら、それをくれたのは会社の人なのかな。今日はお誕生日なのに、お父さんとの食事に、どうして会社の人まで来るんだろう。

「つれないな、せっかく僕も結衣にプレゼント持ってきたのに」

「この花じゃないの?」

結衣さんが、手に持った花束に視線を落として首を傾《かし》げる。すると、雪哉さんがジャケットの内ポケットに手を入れた。

「まさか。本命はこっち」

そう言って取り出したのはリボンがついた真っ白な分厚い封筒だった。

「じゃーん、旅行券。せっかくだから、かなたちゃんと一緒にどこか行ってきなよ」

その厚さから察するに、かなりの枚数が入っていそうなその封筒を、結衣さんはあっさりと受け取って笑った。

「本当？　嬉しい。雪にぃ、ありがとう」

「どういたしまして。大学生活って長いようで短いから、目一杯楽しんで。じゃあ、僕はもう帰るよ。かなたちゃんも、これから改めて結衣の誕生日お祝いしてあげて」

そう言って雪哉さんが私を見てにっこりと笑うから、こくりと頷《うなず》いた。私が結衣さんのお誕生日を祝う準備をしていたこと、雪哉さんはまるで気付いているみたいだ。

「あ、そうそう。それと……かなたちゃん、連絡先教えてよ。万が一、今後何かあった時のために」

そう言って雪哉さんがスマホを出すから、釣られて私もポケットから引っ張り出した。チャットアプリのＱＲコードを表示させて、雪哉さんに見せようとした瞬間、ドサッという音と同時に、私のスマホの画面を結衣さんが手のひらで摑《つか》んで止めた。

「えっ……？」

雪哉《ゆきや》さんと私は、二人揃《そろ》って音がした足元へ視線を向ける。放り投げられた淡いブルーの紙袋が、足元に転がっていた。音の正体は、これが落ちた音か。

花束と紙袋で両手が塞がっていた結衣さんが、紙袋を手放して、私のスマホを摑んだらしかった。雪哉さんからの花束と高級ブランドのアクセサリー、どちらかを手放す、という選択を迫られた時に、迷いなくアクセサリーを放り投げるところが、いかにも結衣さんらしい。にっこりと、私のスマホの画面を手のひらで隠したまま、結衣さんが笑った。

「雪にぃ、心配しなくても大丈夫。何かあったら、私から連絡するから」

有無を言わさぬような圧のある笑顔に息を吞《の》む。雪哉さんが、私の顔と結衣さんの顔を交互に見つめると、それからふっと優しく笑った。

「そう？　じゃあ……いいか」

結衣さんが放り投げた紙袋を雪哉さんが拾って、ソファの端っこにそっと置いた。

「プレゼントに罪はないんだからさ、大事にしてあげなよ。高かっただろうに」

そう言って窘《たしな》める雪哉さんに対して、結衣さんは何も言わずにふうと小さくため息をついた。

「じゃあ、本当にもう帰るよ。またね、結衣、かなたちゃん」

コーヒーを一杯飲んだだけで特に長居もせず、雪哉さんは行ってしまった。忙しい合間を縫って来てくれたのだろうし、結衣さんはちょっと不満そうな顔も見せたけど、やっぱりどこか嬉しそうだった。

そうして、静まり返ったリビングに、二人きりになる。

「あの、結衣さん」

雪哉さんを見送ったその後ろ姿に声をかける。すると結衣さんは振り向いて、あからさまにきゅっと眉根を寄せた。

「かなた」

名前を呼ばれて、距離を詰められる。

「……なんで、鍵開けたの？」

「へ？」

「モニター、ちゃんと確認した？　知らない男の人を簡単に信用してドア開けちゃだめじゃん」

モニターは、確認しなかった。だって、寝起きだったたし、結衣さんだと思ったから。確かに正論で、ぐうの音も出ない。

「……ごめんなさい。結衣さんが帰ってきたと思って」

　そっと、胸元に抱き寄せられる。甘い結衣さんの匂いがする。私が安心する、大好きな香り。

「雪にぃが悪いんだけど、玄関に男の人の靴があったから、ちょっとびっくりした」

「次からは、ちゃんと確認します」

「ん、絶対だよ」

　ぎゅーっと私を抱きしめて離さない結衣さんが、私の首筋にぐりぐりと擦り寄ってくるから、ちょっとくすぐったい。

「結衣さん、もう、離してくださいよ。ケーキ買ってきたから、一緒に食べましょ？」

「それより先に、聞きたいことがあるんだけど」

「なんですか？」

「……雪にぃに会って、どうだった？　好きになった？」

　拗ねるように言われて、ふふっと笑ってしまう。私がそう簡単に人を好きになるような性格はしていないって、わかっているはずなのに。

「想像以上にかっこよくて驚きましたけど……私はそんなに気が多いタイプじゃないです

よ。さ、気を取り直してお祝いしましょう。律さんが、結衣さんのためにシャンパン買ってきてくれたんですよ」

安心したように結衣さんは笑うと、そっと私の顎をとる。あ、と思った瞬間には、唇に柔らかい感触がして、触れるだけの優しいキスを許してしまった。最近、結衣さんは本当に遠慮がない。受け入れてしまっている私も私、だけど。

「あの……結衣さん？」

「……ずっと、帰りたいと思ってた。今日ぐらいは断ればよかったって、何度も思った。早くかなたに、会いたかった」

初めて聞いた彼女の弱音に、息が止まりそうになった。真っ直《ます》ぐに見つめられてそう言われると、息もできない深い海の底に突き落とされたような気持ちになる。もがいても、もがいても、とてももう一人では浮かび上がってくることはできそうにない。

私だって、結衣さんが帰ってくるのをずっとずっと待ってた。会いたくて会いたくて、たまらなかった。愛《いと》おしさに負けて、結衣さんをきつく抱きしめ返す。

大切な日を一緒に過ごせて嬉《うれ》しい。どうか世界中の誰よりも幸せな一年を過ごしてくれますようにと、心から祈らずにはいられなかった。

コーヒーテーブルに二つ並べたシャンパングラスと、ショートケーキが二つ。もちろん私のグラスの中身はジンジャーエールだけど。来年は同じものを飲むことができるようになるから、今年は我慢。

「それで……結衣さんが欲しいものってなんですか？」

当日に言う、と言っていた、結衣さんの欲しいものって、なんなんだろう。早く言って欲しくて、隣に座る結衣さんをじっと見つめると、優しい瞳が柔らかく細められた。

「せっかくだから、当ててみてよ」

「そういうのは、なしです。だってずっと考えてたけど、本当に見当もつかなかったんですよ」

おかげで何も用意できなかったことを不満に思っている。ちらりと視界の端に映る淡いブルーの紙袋に嫉妬したって仕方ないってわかっているけど、気に入らない。むくれている私に気付いてか、結衣さんが笑う。そのまま手が伸びてきて、首の後ろに手が回って引き寄せられた。

何度か、結衣さんとキスして知った、彼女がキスする時の癖だ。私が逃げないように、身体《からだ》を固定するその腕の強引さを感じて、胸の奥が熱くなる。

案の定、文句を言う私を黙らせるように唇を塞いでくる。こんなにしてくるってことは、結衣さんは多分キスが好きなんだと思う。本当に手慣れていて経験が透けてみえるのが少しだけ腹が立つけど。

悔しいけど、結衣さんとするキスは気持ちがいい。だから、私は彼女を拒否できない。今まで付き合ってきた人たちとは比べ物にならない。私はいつも、その唇に翻弄されてばかりいる。唇が離れると、結衣さんがじっと私の瞳を見つめて、言った。

「私が欲しいもの、本当に知りたい？」

「……知りたい、です」

こくりと頷くと、結衣さんは優しく私の濡《ぬ》れた唇を親指で撫《な》でた。

「……かなたの、全部が欲しい」

「え……っ？」

全部って、何、なんのこと？　顔が熱くなってくるのがわかる。言葉の意味が理解できない。それって、どういうこと。頭がぐるぐると混乱していく。

手を取って、その甲に優しくキスをしながら、悪戯《いたずら》な瞳が私を見つめる。

「だめ？」

あっけなく身体を押し倒されて、ソファに背が沈む。

嘘《うそ》だ、ちょっと待って、本気？　最初からそのつもりだったってこと？　わかんない。

だってお風呂《ふろ》もまだ入ってないし、ってそうじゃなくて。

どうしよう、付き合ってないのに、こんなことしちゃいけないのに。もう、結衣さんのこと、全然わかんない。私の返事を待たず、彼女の唇が私の首筋に押し当てられたのがわかった。軽く歯を立てられた後、ちゅうと音を立てて吸われる。

「……結衣さん……ま、待って……！」

弱々しく、蚊の鳴くような声で、絞り出せたのはこの言葉だけだった。きゅっと目を瞑《つぶ》って、結衣さんから顔を背ける。いつの間にか繋《つな》がれていた手を必死に押し返すと、ふふっと結衣さんが笑う声がしたから、恐る恐る目を開けた。

私にのしかかっている彼女が、面白そうに笑っている。

「……かなたの心の準備ができるまで、待って欲しいってこと？　それなら、いくらでも待ってあげる」

そう指摘されて、ゆでだこみたいに顔が真っ赤に染まっていくのがわかった。私のバカ、「待って」じゃなくて、なんで「やめて」って言わなかったのか。

「……結衣さんの、バカ。こういうのは、だめ。ルール違反です……」

震える声でそう言うと、結衣さんが、吹き出すように笑った。

「ごめんごめん、びっくりしたよね」

そう言って、繋いだ手を引いて私の身体を起こしてくれる。

「意地悪ですよ、からかうなんて……」

もしもあのまま受け入れてしまっていたら、結衣さんはどうするつもりだったのか。

わからない。でも、確かにあの眼差《まなざ》しは冗談ではなかった、と思う。なんとなく、私が怖気《おじけ》づいたから、結衣さんはそれを察して引いてくれただけのような気がした。……多分、だけど。

膨れた私の頬を、結衣さんが優しく撫でる。「ごめんね、怖かった？」ともう一度謝られて、そうじゃないと左右に首を振った。

「本当に、お祝いしたいんですよ、私は……。冗談じゃなくて、ちゃんと教えてください。何が欲しいのか」

「……じゃあ、改めて。私からのお願い、聞いてくれる？」

そっと手を取られたと思ったら、優しく小指を絡《から》められる。彼女のつるりと丸いボルドーの爪は、なんとも色気があると思った。

「私に、できることなら」

まだ、ばくばくしている心臓を落ち着かせながら、真剣な彼女のその瞳を見つめ返した。

「約束して欲しいの」

「約束？　ものじゃないんですか？」

「うん」

なるほど、それで何も準備しなくていい、と言ったのか。

「……来年も、私の誕生日を祝ってくれるって約束して。来年も、その次の年も、同じお願いをするから……その度に約束して。何があってもこの日だけは、一番におめでとうって言って欲しい」

あの結衣さんが、こんなに健気《けなげ》なお願いをするなんて思っていなかったから、面食《めんく》らう。

「……そんな、簡単なことでいいんですか？」

「うん」

満足そうに笑う結衣さんに、なぜかものすごく胸が締め付けられた。どうしてこんな約束をしたがるんだろう。

──それじゃまるで、これから先、そんな約束をしなければこの関係が崩れていってしまうと思っているみたい。

「……約束します。来年も、結衣さんのお誕生日は、私が一番にお祝いするって」

不安を払拭《ふっしょく》するように、私も負けじと真っ直ぐにその瞳を見つめて言った。すると結衣さんが本当に嬉しそうに笑って、繋いだ小指に唇を寄せた。

第11話　でも好きなんです。どうしようもないくらい

ソファに座る結衣さんの足の間を陣取って、タブレットを操作しながら、旅行サイトと睨《にら》めっこする。肝心の結衣さんは、私の肩に顎を乗せてそれをただ後ろからじーっと眺めているばかりで、さっきから全然意見を言ってくれない。サイトを行ったり来たりしながら、秋の旅行スポットを探していたけどさっぱり見当がつかなくて、痺《しび》れを切らして彼女を振り返る。

「ねぇ結衣さん、どこか行きたいところ、ないですか？」

「かなたが行きたいところ」

「結衣さんがもらった旅行券なんだから、結衣さんが行きたいところにしましょうよ」

「んーでも、せっかく二人で旅行するなら、かなたが喜んでくれるところがいい」

そう言われて、困ってしまう。旅行券は、雪哉《ゆきや》さんから結衣さんへのプレゼントなのに。

結衣さんが喜んでくれそうなところって、どこだろうと考える。せっかく遠出するなら、季節感がある方がいいような気がする。初めての旅行だから、ゆっくりできて、思い出に

残るところ。

「……じゃあ、秋だし、紅葉が綺麗《きれい》なとことか、どうですか？」

「あ、それなら箱根は？」

結衣さんが、私のお腹《なか》に回していた手を伸ばして、すいすいとタブレットを操作する。

「紅葉、十一月下旬が見頃だって。ちょうどいいじゃん」

箱根かぁ……そもそも温泉なんて、何年ぶりだろう。最近ちょっとずつ肌寒くなりつつあるし、露天風呂《ろてんぶろ》なんてきっと最高だろうな。

「……いいですね、温泉」

「じゃあ、決まり。そうと決まれば早速宿探そう。温泉、一緒に入ろうね」

特に深く考えずに頷《うなず》いてしまった後に、ハッとして思わず結衣さんを振り返る。なんで思い至らなかったんだろう。温泉なんて一緒に行ったら、絶対に「一緒に入ろう」って言われるに決まっているじゃないか。慌てて、ぶんぶんと首を横に振った。

「だ、だめ。一緒には入りません」

「え、なんで？」

不満そうな声で言われて、じっと見つめられるから、いたたまれなくて視線を逸《そ》らす。

「だって……恥ずかしいじゃないですか」

少しだけ唇を尖《とが》らせて呟《つぶや》いた。なんでとか、そういうの、聞かなくたって理由なんて想像つくくせに。

「女同士なのに、だめなの？」

女同士だってことは理由にならない。私だって、悠里とか律さんなら別に一緒に入ったって構わないけど、結衣さんは、別。

何回もキスしてるし、押し倒されたことだってあるのに、意識するなと言う方が無理がある。答えるのを渋っていると、「かなた」と理由を急《せ》かす声と同時にぎゅっと抱きしめ直されて、観念して口を開いた。

「……結衣さん、いっぱい色んな女の人の裸見たことあるでしょ。比べられたら、やだ」

結衣さんが、今までどんな女の子と夜を共にしてきたのかは知らない。でも、私の特に大きくもない、至って普通サイズの胸とか、大してメリハリがあるわけでもない身体を見られるのは、恥ずかしい。もうどうにでもなれと、拗《す》ねるように言えば、結衣さんがくすくすと笑うのがわかった。

「……なんで、笑うんですか」

「比べたりなんかしないのに。そんなこと気にするの？　かわいいね、かなたは」

「……やっぱり、温泉はなし」

言えば、結衣さんが声を出して笑った。「ごめんごめん、拗ねないで」と抱きしめられた身体《からだ》を揺すられるけど、無視してそっぽを向いた。明らかにからかわれているのがわかって面白くない。

「じゃあ、時間ずらして入ろう？　部屋風呂もあるところ予約するから。それでどう？」

「ん、それなら……」

「一緒に入れないのは残念だけど、お楽しみはここぞという時までとっておくことにする」

ここぞという時って……裸を見せたくないって言ってるのに、結衣さんが「その機会」があるって確信してるみたいな言い方をするから、恥ずかしさで顔が熱くなってくる。お腹に回った手を抗議するようにつねる。

「……結衣さんの、すけべ」

「そんなの、今更じゃん」

今更、か。それもそうだ、いつも優しいから忘れがちだけど、結衣さんはこんなに綺麗な顔して、頭の中は女の子とやらしいことすることしか考えてないんだってすっかり忘れてた。

とにかく要望は通ったことだし、箱根について調べようとタブレットに指を滑らせたところで、ポケットからポン、と通知音がした。こんな時間に誰だろう。不思議に思ってスマホを取り出すと、チャットアプリに「今何してる?」とメッセージが入っていた。見覚えのあるアイコンだ。

「……なんだ、早川くんか」

特に何も、と返してしまうと、電話していい？　と続くことを学習していた私は、結衣さんと旅行の計画立ててました、と返す。

さ、じゃあ改めて箱根について調べようかなとスマホを閉じようとすると、後ろから伸びてきた手に、ぱっと摑《つか》まれてしまった。

「電話、頻繁にしてるの?」

「え?」

「三十分も話してる」

突然なんのことだろうと思ったら、チャットアプリの画面には前回の通話記録が残っていたから、結衣さんはそれに気付いたらしい。

「いや、これはほとんど早川くんが喋《しゃべ》ってるだけで……」

「ふーん……」

悪いことをしているわけじゃないのに、指摘されるとなんだか気まずい。

「……だめですか？」

「だめじゃないけど……その気がないなら、わざわざ電話の相手しなくてもいいんじゃないの？」

それはごもっともだ、と思う。早川くんから電話がかかってくるようになったのは割と最近の話で、最近、あまりシフトが被《かぶ》ってなかったせいもあると思う。結衣さんのことを散々「不誠実だ」と言っておきながら、自分だって不誠実なことをしていることに後ろめたい気持ちがないわけではない。

「……結衣さんだって、色んな女の子からしょっちゅう電話かかってくるくせに」

自覚があるからいたたまれなくて責めるように言えば、結衣さんが笑った。

「長電話はしないよ？」

「じゃあ、なんで電話かけてくるんですか？」

「飲みのお誘いがほとんど」

嘘《うそ》つき。飲みじゃなくてお家《うち》に誘われているくせに、とは言わないでおく。最近結衣さんが家を空ける頻度が減ったのは、私が「行って欲しくない」と言ったからだとわかってる。でも、夜遊びがなくなったわけじゃないし、女の子とそういうことしてきたのかな、と勘繰りそうになる夜だってある。できるだけ、考えないようにしていた。もしそれが事実だと知ってしまったら、傷付かない自信なんて、なかった。

「……私が家に来る前は、女の子を家に呼んでたんですか？」

「まさか。この家に入ったことがある女の子は、かなたと律だけだよ」

それを知って、今更だけど不思議に思う。

「……そもそもですけど、結衣さんって、なんでルームシェアの話受け入れてくれたんですか？」

素朴な疑問だった。家に人をあまり寄せ付けない彼女がなぜ、会ったこともない私とのルームシェアを了承してくれたのか。

「お父さんがお世話になった人の娘だって言うから。断る理由なんてないでしょ」

なるほど。私のお父さんの過去の行いのおかげで今があるわけか。お父さんには感謝しないと。

「でも正直、最初はどうしようって思ったよ。遅かれ早かれ私が同性愛者だって気付かれるとは思ってたけど、思ったよりバレるの早かったから」

それは結衣さんが派手に遊んでいたせいだと思うけど。

「……最初は私に、誰にでも手を出すわけじゃないって言ってたのに、嘘でしたしね」

そう指摘すると、結衣さんが誤魔化すように笑った。いつの間にか、結衣さんには色々と奪われてしまっている。

そしてそれを許してしまっていることに対して、正直自分でも驚いている。同居したての頃は、こんなに距離が縮まるなんて想像もしていなかったのに。

「それは、かなたがかわいいのがいけないんだよ」

「私のせいですか？」

「そう、かなたのせい」

私は絶対結衣さんのせいだと思ってる。お互いがお互いのせいにしてたって埒《らち》があかないのはわかっているけど、私だって彼女を責めずにはいられない。あなたがこんなに魅力的なのが悪い、なんて口が裂けても言えないけど。

「でももう、かなたがいない生活には戻れない」

優しく頰に口付けられて、それを受け入れる。私だって、あなたの腕の中で過ごす毎日に慣れすぎてしまって、とてももう一人で暮らせる気がしなかった。

「だったら、年末イギリスに一緒に帰りますか？　ロンドン市内、案内しますよ」

背中に体重をぐーっとかけてそう言えば、結衣さんが笑った。

「それ、絶対一人で帰省したくないだけでしょ。飛行機、退屈でつらいって言ってたじゃん」

バレたか、と舌を出す。

「帰省のことはひとまず忘れて、箱根の予定立てましょ？　私、黒たまご食べたいです」

「美味《おい》しいの？　それ」

「美味しいかどうかはわかんないですけど、寿命が延びるらしいですよ」

「あはは、何それ。本当に？」

知らなかったなぁ。旅行の計画を立てるのってこんなに楽しいんだ。結衣さんと知り合ってから、本当に新しいことの連続だ。結衣さんが学生のうちに一緒に色んなところに行けたらいいな。結衣さんが育った街とか、好きなところとか、見てみたいし、私が育った街も見て欲しい。タブレットに指を走らせながら、旅先に思いを馳《は》せる。

あーでもないこーでもないと二人で宿を調べていたら気付けば日付が変わっていて、すっかりメッセージが来ていたことも忘れていた。

結局、早川くんからのメッセージに返信できたのは、次の日の朝になってからだった。

◇◇◇

旅行代金を用立ててくれたのは雪哉《ゆきや》さんで、この旅行は結衣さんの誕生日祝いだから、本当だったら私が段取りをしないといけないはずだったのに、宿の予約から列車の予約まで、全てを結衣さんがやってくれた。

いつものことだけど、私は彼女に手を引かれるまま、ついていくだけ。気付いた時には、箱根湯本行きの特急列車に乗っていた。普通の列車と違って見晴らしがいいその電車はとても乗り心地が良くて、さすが「ロマンスカー」と言うだけあると感心する。当たり前のように窓際《まどぎわ》を譲ってくれる彼女は、相変わらず今日も優しい。駅弁を広げると、いよいよ旅行気分が高まってくる。

「何から何までしてもらって、すみません。結衣さんの誕生日旅行なのに」

「いいよ、準備するのも楽しかったから。気にしないで」

最近の結衣さんは、ちょっと私を甘やかしすぎだと思う。私は、あれがいい、これがいいと選ぶだけで、いつだって結衣さんはその願いを叶《かな》えてくれる。

現に今だって、何も言わなくても紙パックのお茶にストローを挿して、目の前に置いてくれた。びっくりするけど、結衣さんっていつもこんな感じなの。ちゅーっとストローに吸い付く。前に結衣さんが、自分はめちゃくちゃ尽くすタイプだと言っていたけど、正直私は最初、半信半疑だった。

でも、今になって納得する。嘘じゃなかった。付き合ってなくてこれなら、付き合ったらどうなっちゃうんだろうと思うくらいに、結衣さんはとことん優しかった。

「……結衣さんって、女癖の悪さ以外は本当に欠点のない人ですよね」

「何それ、褒めてるんだか貶《けな》してるんだかわかんないよ」

結衣さんはそう言って笑うけど、そのたった一つの欠点が、かなりの爆弾なんだよな、と思う。

優しさに絆《ほだ》されてみんな忘れてしまうけど、その優しさが向けられるのは自分だけじゃないんだってことを、肝に銘じておかなきゃいけない。それでもいいって人が大勢いるから、きっと結衣さんの周りにはいつだって女性が寄ってくるんだろうけど。

私はわがままだから、絶対に、その他大勢の中の一人でもいいなんて思えない。もし実際に目の前で、普段私にしてくれるようなことを他の女性にもしているところを見てしまったとしたら、絶対に嫌な気持ちになると思う。二人きりでいることが多いから、忘れてしまいがちだけど。

「あ……そういえば、律さんからお土産のリクエスト来てたんですけど」

「え？　私には連絡来てなかったよ」

「黒たまご、買えるだけ買ってきてって言ってました。全部自分で食べるって。でも、一個食べると七年寿命が延びるはずだから……あんまり食べすぎてもよくないですよね」

「……長寿の世界記録でも狙ってんのかな？」

目を見合わせて、吹き出すように笑う。

窓から覗《のぞ》く空は、どこまでも青い。秋が終われば冬が来て、一年なんてあっという間に過ぎ去っていく。


列車は、一時間半かけて目的地まで辿《たど》り着《つ》いた。はやる気持ちを抑えきれずに結衣さんの手を引っ張って、改札を出る。家から新宿駅に着くまでは結衣さんに手を引かれてついていくだけだったけれど、目的地に着いてしまえばなんてことはない。正直、いまだに電車の乗り換えは覚えられない。ロンドンの地下鉄は、東京に比べればまだ簡単だった。

「ねー、結衣さん、早く」

「そんなに慌てなくても、温泉は逃げないのに」

「だって……」

せっかくこの日のために観光ブックを読み込んできたんだし、目いっぱい楽しみたい。あまりはしゃぐと子供っぽいと思うだろうか。ちょっとめんどくさかったかなと結衣さんを見上げると、結衣さんは目を細めて、私の頭を優しく撫《な》でてくれた。

「そういうところが、かわいいんだけどね」

照れ隠しをするように視線を逸《そ》らして彼女の手を引っ張る。そういうことをさらっと言うところが、結衣さんのすごくずるいところだ。

「で、どこに行きたいんだっけ？」

「まずはカフェです。お店は調べてますから、任せてください」

「了解。じゃあ、お言葉に甘えて連れてってもらおうかな」

そっと手を繋《つな》ぎ直されて、指が絡《から》む。はからずもドキッと心臓が跳ねる。

最近ずっと、こんな調子で困ってる。結衣さんの一挙手一投足が、私の心を掻《か》き乱《みだ》して仕方がない。どうか繋いだ手から私の気持ちが伝わりませんようにと、ありもしないことを考えながら彼女の手を引いた。

抹茶味のティラミスを食べている時も、こだわりの紅茶を楽しんでいる時も、結衣さんはテーブルの向かい側で、にこにこしながら私を見つめていた。

「美味しい？」

「美味しい、です」

結衣さんの優しい眼差《まなざ》しが大好きだけど、ちょっと苦手でもある。この深く黒い瞳に、私の心の中まで覗き見られてしまいそうで、たまにすごく不安になる。

本当は全部わかってるんじゃないか、とか。私が思い悩むあれこれも、全部わかっていて結衣さんは何も言わないのかも、なんて。本当の気持ちなんて本人に聞かないとわからないのに。

恋人を作らない本当の理由を教えてくださいと、ただ一言聞けばいいだけなのに、確かめるだけの勇気がなくて、迷ってばかりいる弱虫の私が全部悪いって、本当はわかってる。

◇◇◇

宿を予約する時に、ベッドがいいか布団《ふとん》がいいかと聞かれて、真っ先に布団がいいと答えた。だって旅館に来た時ぐらいしか布団で寝る機会なんてそうそうないし、結衣さんがどう思うかはわからないけど自分の意見を押し通した結果、部屋に案内された瞬間に改めて正解だったなと思った。

「ひ、ひろいですね……」

「そうだね。あ、テラスもあるよ。露天風呂《ろてんぶろ》もついてる」

結衣さんが雪哉さんからもらった旅行券入りの封筒は、かなりの厚みがあった。せっかくだから全部使っちゃおう、と結衣さんが選んだのは高級旅館で、こんなにおこぼればかりもらっていいのかなと少し気後れしてしまうくらいに、値段の張る宿だった。

そろそろ日が暮れ始める。テラスに出て、椅子に腰掛けると、視界に飛び込んでくる色付いた木々の葉が本当に綺麗《きれい》だった。

「あ、富士山《ふじさん》が見えます」

「本当だ」

「大浴場からも見えますかね？」

「朝に行けばもしかしたら見られるかもよ。さっき夕食は六時半からだって言ってたから、今から行く時間はないけど」

腕時計を見つつ結衣さんが言う。朝風呂もいいなあ。確かに、二人でお風呂に入れたら最高だろうな、と思った。

部屋の中に戻って用意されていた浴衣《ゆかた》を羽織る。うまく着られなくてモタモタしていると、結衣さんが笑って私の浴衣の帯を綺麗に締めてくれた。

「結衣さんって、もしかして旅慣れしてます？」

「全然。旅行なんてしたことないよ。子供の時に社員旅行に連れていかれてた程度」

「へぇ。いいですね、そういうのも」

「そうでもないよ。旅行っていってもお父さんにとっては仕事だし、こんなに楽しくなかったもん」

そう言うなり、結衣さんが私の身体《からだ》を引き寄せて、ギューッと抱きしめてくる。

「浴衣、かわいい。本当に来てよかった。雪にぃに感謝しないと」

かわいいかわいいと言いながら頬やまぶたにキスするから、恥ずかしくなってくる。

「もー、結衣さんってば、そんなにぎゅってしたら苦しいですよ」

照れ隠しで肩を押す。優しい目が私を見てる。結衣さんから見た私は、一体どんな顔をしてるんだろう。もしかしたら私もこんな風に、眼差しから愛《いと》おしさが溢《あふ》れてしまっているかもしれない。


それから夕食の時間になり、お部屋でゆっくりと食事を楽しんでいると、結衣さんは珍しく地ビールを頼んでいたから驚いた。

「結衣さんってビールも飲むんですね。ハイボールだけかと思ってました」

「一番好きなのはハイボールだけど、基本的には家でしか飲まないね。バーでも違うの飲んでるし」

「へー、何飲むんですか？」

「んー、ソルティドッグとか」

え、犬？　お酒の名前ってよくわかんない。それって何味なんだろう。

「……なんですかそれ」

「グレープフルーツとウォッカのカクテルだよ。グラスの縁に塩がついてるんだけど、それがまた美味《おい》しいんだよね」

「グレープフルーツ……」

聞きながら、酔った結衣さんに初めてキスされた時のことを思い出していた。確かに……微《かす》かにグレープフルーツのフレーバーがした、記憶がある。

「かなた？　どうしたの。顔赤いよ」

「……なんでもないです。結衣さんこそ、これからお風呂入るんですからあんまり飲みすぎないようにしてくださいね」

「はーい」

お刺身も美味しかったし、ご機嫌な結衣さんを見ていると私も楽しくなってくる。あぁ、旅行っていいなぁと思う。もちろんわかってる。「誰と行くか」が一番大事なんだってこと。

「かなた、先にお風呂入ってきていいよ」

食事を下げて布団を敷いてもらったあと、結衣さんにそう言われてなんだか申し訳ない気持ちになってくる。入浴の時間をずらすならいいと条件を付けたのは確かに私だけど、今更になって一時間以上部屋で待たせるのは心苦しいと思い始めた。

「結衣さんが先に行ってください。結衣さんの誕生日祝いなんだから」

「気にしなくていいよ、部屋にお風呂もあるし」

そう言って結衣さんが、部屋に備え付けの露天風呂を指さす。

「でも……」

せっかくの温泉なんだし、と言いかけたところで、結衣さんがにっこり笑って私の顔を覗き込んできた。長い黒髪がさらりと揺れる。

「じゃあ、やっぱり一緒に入ろうよ」

「や、やです。だって大浴場の脱衣所とか明るいし」

「明るいのが嫌なの？　それなら、部屋の露天風呂の照明消して入ればいいじゃん。脱ぐのを見られるのが嫌なら、先に入って待ってるから」

気持ちが揺れ動く。一緒に入れたら最高だろうなって思ったのは本当だ。今更だけど、時間差で入ることでせっかくの時間を無駄にするのも惜しいと思い始めている自分もいる。

「それでも、やだ？」

そんなに優しく聞かないで。そうやって私に選ばせないで欲しいのに。結衣さんが絶対に無理強いしないのはわかっている。本当に嫌なら、断ればいいだけだ。けど、でも……どうしてだろう。恥ずかしさよりも、今はもっと一緒にいたい気持ちの方が勝ってしまう。

「……わかりました。それなら、一緒に入ってもいいです」

照れ隠しで、なんだか上から目線な言い方になってしまった。

「本当？　そうと決まれば、早く入ろ」

「え、酔いを覚ましてからじゃなくて大丈夫なんですか？」

「あれぐらいじゃ酔わないから平気」

結衣さんが嬉《うれ》しそうに笑うから、私は急に恥ずかしくなってしまって、ふいとそっぽを向いた。

自分が見られることばかり気にしてたけど、よく考えてみれば今から結衣さんの裸を見ることにもなるわけで。さっきからずっと心臓が、ドキドキしている。

やっぱり今のはなし、と撤回しそうになってしまったけど、嬉しそうに微笑《ほほえ》む彼女を見てしまったから。私はきゅっと唇を噛《か》み締《し》めて、その言葉を飲み込んだ。

静まり返った脱衣所で、ひとり。綺麗に結んでもらった浴衣の帯を解く自分の手が、微かに震えていることに気が付いた。

緊張――している。それも、ものすごく。

結衣さんは、先に外のお風呂で待っていると言って、私を置いて早々に行ってしまった。

数分前のやりとりを思い出す。

「絶対、何もしないでくださいね」

念を押すようにそう言うと、結衣さんは笑って頷《うなず》いた。

「わかってるって。大丈夫だよ」

そうは言ってくれたけど、本当だろうか。花火を観《み》た時だって、何もしないという約束をあっさり破って私にキスしてきたくせに、本当に何もしないって約束を守ってくれるんだろうか。

面白いくらい波打つ心臓に、問いかける。どうしてこんなにドキドキしてるの。嫌ならやめればいいだけの話なのに。結衣さんは、絶対に強制したりはしない。私の意見を尊重してくれる。わかっているのに、なぜ受け入れたの。自分で自分がわからなくなる。

浴衣を脱いで、下着になるといよいよ鼓動が激しさを増した。深く呼吸をして、腕を後ろに回してブラのホックを外す。腕から抜いて、それからカゴにそっと置いた。隣のカゴに彼女が脱いだ服が整然と畳まれて置いてあるのがやけに生々しい。

どうしよう、本当にドキドキする。これじゃあ、何かされることを期待してるみたいだ。とにかく、平然とした顔をしていればいいんだ。意識するから、結衣さんは面白がって私をからかってくるんだから。

両足から下着を抜く。素肌に何も纏《まと》わないままでいると、心許《こころもと》なくてそわそわする。意を決して、足を進めて露天風呂に続くドアに手をかけた。少し開けた隙間から、顔を出す。薄暗い中に、長い黒髪を上に纏めた後ろ姿が、湯気の向こうにぼんやりと見えた。

「結衣さん、今から行きますから、目、瞑《つぶ》っててください」

「え、目瞑るの？　まさか、ずっとじゃないよね？」

「私がいいって言うまで、です」

不満そうな彼女の言葉を遮るようにそう言うと、わかった、と返事がしたので安心してドアの向こうに体を滑らせた。

湯煙の向こうに、結衣さんの白い背中が見えて、そろりそろりと足を進めた。外は少し肌寒いから、もうさっさと入っちゃおう。

乳白色の湯でよかった。胸元まで浸《つ》かっている結衣さんの身体が見えずに済んで、ほっとする。掛け湯をした後、爪先を湯船に差し込む。包み込むようなちょうどいい温かさに、思わずため息が出た。

「ねえ、もういい？」

結衣さんが痺《しび》れを切らしたように言うから、急いで肩まで浸かって背を向ける。

「……もう、いいですよ」

目を開けたら視線が絶対にこちらに向くことがわかっているから、小さくなるように膝を抱えると、ぱしゃ、と水が跳ねる音が聞こえて、それと同時に後ろから白い腕がにゅっと伸びてきた。

え、と思った瞬間、後ろからギュッと抱き寄せられた。私よりも少し長湯しているせいで温まった結衣さんの、滑らかな身体が密着する。背中に柔らかいものが触れて、ぐわっと身体中の血が沸騰するみたいに熱くなる。ちょっと、待って。いきなりすぎて、フリーズしそう。

「ねぇ、なんで背中向けてるの？　こっち向いてよ」

耳元に寄せられた唇に、息を呑《の》む。

ねえ、結衣さん、当たってます、背中。

言いたいけど、言ったら意識してるってバレバレだ。言えない。絶対に言えない。ハグなんていつもしてることだし、布一枚ないだけなのに、なんでこんなに、鼓動が速まって仕方ないんだろう。

「なんでって、恥ずかしいんですよ」

「お湯濁ってるから、見えないよ。だから顔見せて、お願い」

肩をそっと摑《つか》まれて、身体を反転するよう促されるままに振り向くと、視界に飛び込んできた首筋から鎖骨までのラインがあまりにも綺麗《きれい》すぎて、どこに視線を向けていいか躊躇《ためら》った結果、結局その瞳を見つめ返した。結衣さんが優しく微笑む。

なんだか、私ばっかりドキドキして緊張しているみたい。結衣さんは余裕そうで、それがちょっと腹が立つ。そんなことを思っていると、結衣さんの腕が私の身体を正面から、そっと抱き寄せた。

「顔赤いね、かわいい」

「結衣さん、ちょっと……」

裸で抱き合うなんて、明らかに先輩後輩の範疇《はんちゅう》を超えていませんかと苦言を呈そうとして、言葉を飲み込む。ぴったり隙間なくくっついた素肌が、あまりにも気持ちがよくて言葉を失ってしまう。

女性特有の滑らかで、柔らかな肌がこんなにも心地いいなんて知らなかった。こんなこと考えたくないけど、結衣さんが女の子とセックスしたがる理由が、少しだけわかった気がした。

　もう、多分抵抗しても無駄だ。諦めて大人しく、その肩に頭を乗せる。腕を彼女の背に回してギュッと抱きついた。どうしよう、あったかくてすごく、気持ちいい。ずっとこうしていたい。

　ずっと心臓がドキドキしてる。緊張してるのに、どうしてか結衣さんに抱きしめられるだけで、身体《からだ》の力が抜けていく。

「ふふ……」

　すると耳元で笑う声がした。

「なんで、笑うんですか」

「だって、いつもより大人しいから。緊張してるの？　かわいいね」

　こんな状況で緊張するなと言う方が無理でしょう。誰のせいだと思っているんだか。優しく頬を撫《な》でられて、その指先が気持ちよくって目を瞑る。

「結衣さん、なんでそんなに余裕なの……。やっぱり、魅力ないですか、私。そんなに、胸も大きくないし」

　客観的に見ても、私の身体は普通だと思う。結衣さんがどんな身体つきが好みなのかは知らないけど、自分の身体に自信なんてない。

　実際、前の彼氏に浮気《うわき》されてフラれた理由も私の身体に原因がある。セックスしても気持ちよくなれない身体なんて、魅力があるわけがない。

「……かなた。手、貸して」

背に回していた手を取られて、ぱしゃ、と湯船から持ち上げられる。引き寄せられた先は、結衣さんの胸元だった。

ぎょっとした私を横目に、心臓あたりに押し当てられる手のひら。伝わってきた鼓動は、私と同じ少し速いリズム。思わず結衣さんの目を見つめた。

「私だって緊張してる。すごくドキドキするよ」

「アルコールの、せいじゃなくて？」

さっき、お酒飲んでたから、それで心拍が上がっているんじゃないの？

女の人の裸なんて見慣れているくせに、本当に私の裸なんかにドキドキしたりするのかな。

「疑《うたぐ》り深《ぶか》いなぁ」

結衣さんはそう言って笑うけど、そう思わせる結衣さんが悪いと思う。割と本気で。

「それじゃあ、もっとドキドキさせてよ」

ぐい、と顔が近づくから、慌ててその唇を手のひらで押《お》し止《とど》めた。

「……かなた、手、邪魔」

「な、なんでキスしようとするんですか」

「手、心臓に当ててたらわかるよ。私がどれだけかなたにドキドキするか。知りたいんでしょ？」

唇を押し止めた手のひらを外されて、そっと心臓のあたりに戻される。

「あの、結衣さん……」

名前を呼んだ声が少し震えた。これ以上キスを拒む言い訳が出てくる前に、その唇で言葉を奪われると、結衣さんの瞳に火が灯《とも》ったのがわかった。

その眼差《まなざ》しに、ぞくっと背が震える。

何度か触れるだけのキスをした後に、ぺろりと唇を舐《な》められた。それがなんの合図かわかっているけれど、せめてもの抵抗で、口を開かずに抗《あらが》っていると。

「……口、開けて」

はっきりとそう言われて、気付けば、その言葉に従っていた。そうすることがまるで当然かのように、私の身体は彼女の思うがままだ。

どうしよう、とんでもないことに気付いてしまった。私、結衣さんに、今みたいに命令されたら何を言われても抗えない、かも。

口の中に柔らかな舌が忍び込んでくる。逃げようとする身体をギュッと抱きしめられて、舌を絡《から》められたら、いよいよ呼吸が苦しくなった。

「ん、ん……」

クラクラして、頭がぼうっとしてくる。擦《こす》れ合う舌が甘くて、気持ちがいい。身体の力がふにゃふにゃと抜けていく。

キスの艶《なまめ》かしい音が響いて、私の頭をよりいっそう曖昧にする。

悪戯《いたずら》な指先が、背骨の一つ一つをゆっくりと辿《たど》って、背中を撫で下ろしていくからたまらずに、身体がぴくぴくと震えた。自分の心臓の音がうるさすぎて、結衣さんの心臓の音を気にしている余裕なんかない。

どうしよう、気持ちいい。初めてだ。もっとして欲しいと思うなんて。今まで、キスをしてこんな風に思うことなんてなかった。

指先が背を辿った後、脇腹を通って、腰から太ももを撫でられた瞬間、身体が震えてしまって、思わず弾《はじ》けるように唇を離した。

結衣さんの胸元から手を離して肩を押そうとしても、腰に回った腕が私の身体を引き寄せる。身体を離すことは、許されなかった。

首筋を優しく舐められて、かと思ったら強く吸われて、変な声が出そうになって思わず手で口を塞ぐ。

「……ドキドキしてるの、伝わった？」

密着する身体から、微《かす》かにドクドクと鼓動が伝わる。でも、私の鼓動の方がおかしいくらい激しいせいで、もうどっちがどっちの鼓動なんだかわからない。

腰が抜けそう。もう、無理、降参。白旗を振って、体重を結衣さんに預ける。

「もう、よくわかんないです。ドキドキして死んじゃう……」

肩に顎を乗せる。もう許して。疑ったりしないから。結衣さんが笑ったのが触れた肌から伝わってくる。

「……結衣さんって、絶対キスするの好きでしょ」

指摘すると、結衣さんはおかしそうに笑った。

「なんでそう思ったの？」

「キスするの、上手だから……。おかしいです、こんなに気持ちいいの、変」

ポロリと本音がこぼれ落ちてしまって、結衣さんがあはは、と吹き出すように笑ったから失言だと気付いた。けどもう遅い。一度放ってしまった言葉は取り返せない。

「気持ちよかった？　じゃあ、かなたもキスするの、好きなんだね」

そっと唇を親指でなぞって、結衣さんが不敵に笑う。

「……得意なのはキスだけじゃないんだけどな。かなたが許してくれるなら、もっと気持ちいいこと、教えてあげるよ」

悪魔のような囁《ささや》きが聞こえる。っていうか、もう悪魔だ、このひとは。裸で抱き合って、キスをして、こんな誘い文句を言われて、それで落ちない女性なんているんだろうか。

「……結衣さんって、こうやって女の子を口説いて、遊んでるんですね」

「まさか、遊びならこんな回りくどいことしないよ」

遊びじゃないなら、なんなんですか。そう問いかける前に、悪戯な指先が太ももをそっとなぞり上げてくるから、慌てて彼女の肩を押した。

だめ、だめ、流されない。絶対に。

「結衣さん、私、もう、のぼせそう……」

言えば、ぴたりとその指が止まる。

「……だめ？」

深く黒い瞳が、じっと私を見つめる。

あぁ、この人の腕の中で眠れたら幸せだろうな。いっそ流されてしまえたらいいのに。でも、そうしてしまったらきっと、地獄を見ることになる。

きっと私は、一度でも抱かれてしまったら、彼女が他の女性を抱くことを絶対に許せない。そうしたら結衣さんが好まない「めんどくさい女」の出来上がりだ。それだけは、避けないと。だって、身体を許したからといって結衣さんが私だけのものになるわけじゃない。

「……だめ」

なんとか絞り出した言葉は、みっともなく震えてしまったかもしれない。ちょっとがっかりしたように、ふう、と息を吐いて、結衣さんは残念、と呟《つぶや》いた。

「わかった……。続きは、また今度ね」

優しい唇が私の頬に押し当てられる。

きっともう、私が彼女を受け入れてしまうのは時間の問題かもしれない。だって結衣さんがそうやって、まるで恋人みたいに私に優しくするから。

その気がないなら、そんなに愛《いと》おしそうな目で私を見ないで。恋人にするつもりも、ないくせに。

振り向いてくれないとわかっている相手に恋をするのは、つらすぎる。だから私は、いつまで経《た》ってもあなたに好きだと言えない。

ずるい。私のことを好きだと言うのに、身体は求めてくるくせに、なぜ私の心が欲しいとは思わないのだろう。あなたがそんな風に曖昧な態度ばかり取るから。何もかも私に選ばせようとするから。

だから私は、いっそあなたに何もかも、奪われてしまいたいと思ってしまうんですよ。

◇◇◇

この旅館に来た時は、ベッドより布団《ふとん》がいいと言ったことを正解だったと思った。

でも今になって、それは悪手だったかもしれないと思い直す。あんなことがあった後だっていうのに、結衣さんは和室に敷かれた布団の端っこを摑《つか》んで、ぴったりと二つをくっ付けたあと、にっこり笑って「一緒に寝ようよ」と言ってのけた。

そうだ、この人はそういう人だった。

湯上がりで、ほてった身体がまだ冷めないまま、腕を引かれて布団に引《ひ》き摺《ず》り込まれる。

部屋の隅にある照明が室内を薄ぼんやりと照らして、その暖色のあかりがなんとも言えない雰囲気だった。

「最近の結衣さん、ちょっと強引すぎませんか」

そんなにニコニコしながら言われたら、毒気を抜かれてしまって断れない。断ったところで、「私はあなたを意識しています」と彼女に意思表示しているようなものだ。選択肢なんて一つしかなかった。

「一緒に寝るの、嫌だった？」

嫌がられていないのをわかって聞いてきているのはその表情を見れば明らかだ。そもそも結衣さんは基本的には私が嫌がるようなことはしない。

「寝るだけなら、別に……嫌じゃないです」

布団の中に潜り込んで、仰向《あおむ》けに寝転がる。

結衣さんは肘をついて私に向き直って、私の布団の端っこを持ち上げると躊躇《ためら》いもなく身体《からだ》を滑り込ませてきた。ぽんぽんと布団の上からお腹《なか》の辺りを撫《な》でられると、なんだか寝かしつけをされているような気分になってくる。

「寝るんじゃないんですか……？」

「寝るよ。でも、もう少しかなたのこと見ていたい」

同じ家に住んでるんだから、いつだって見られるのに。結衣さんってたまにこんな言い方をする。

慌ただしく生きていると忘れがちだけど、いつでも当たり前に毎日がやってくるわけじゃないって、きっと結衣さんはわかっているんだと思う。

そっと優しい手が私の頬を撫でて、それから指先が首筋を辿ると、ある一点を軽くなぞるようにする。何してるんだろう。結衣さんを見つめると、その瞳が私の首筋に注がれているのに気付いた。

「……どうしたんですか？」

「かなたって、色が白いからすぐに痕つくんだね」

痕？　なんのことですか――と言いかけた瞬間、二人で入浴していた時のことを思い出した。頭がボーッとしていてその時は気付かなかったけれど、結構強めに首筋を吸われた気がする。

「ごめん、キスマークついちゃった」

慌てて首筋をぱっと押さえる。そうしたところで内出血の痕がそう簡単に消えるわけないって、わかってるけど。

結衣さんが悪戯に笑う。思わず私は彼女の脇腹を軽く叩《たた》いていた。

「もう、絶対わざとですよね……！」

「わざとじゃないよ。ごめんね、許して」

そっと手を取られて、手のひらに口付けられる。本当にわざとじゃないんだろうか、そんな満足そうな顔してるくせに。

「……髪で、隠れるかな……」

「別に隠さなくていいじゃん。そんなに目立たないよ」

「本当ですか？」

「うん、本当」

その嬉《うれ》しそうな顔からして、絶対に嘘《うそ》だ。誰に裸を見られるわけでもないし、困ることは何もないけど、明日《あした》になったらちゃんと鏡で確認しようと思った。

とくとくと胸が高鳴る。こんな状態で、眠れるかな、今夜。

結衣さんと一緒に寝るのはこれで二回目だ。花火を見た夜は、ただ隣で眠っただけだった。それだけでも緊張してよく眠れなかったというのに。

でも、緊張するし、ドキドキするけど、不思議と嫌じゃない。結衣さんの遊び相手の子たちは、私が知らないこういう結衣さんをたくさん知っているんだな、とぼんやりと思う。

結衣さんが帰ってこなかった、あの夜も、あの夜も、知らない誰かがこうして彼女の腕の中で眠ったんだ。

ギュッと結衣さんの浴衣《ゆかた》の裾を握る。

「……他の子と寝る時も、いつもこんな風にしてあげてるんですか？」

そう聞けば、私の髪を撫でていた結衣さんの手がぴたりと止まった。

「……どうしたの、急に」

聞いたって結衣さんは答えない。そうだよ、なんて言ったら私がめんどくさいことを言い始めるって知っているから、頭のいい彼女は私が不快にならない言い訳をくるくると考えているに違いない。

「何度も言ってるでしょ？　かなたは、特別だよって。かなた以外にこんなことしないよ」

「……どうして、私は特別なんですか？」

「かなたのことが好きだからだよ」

「絶対、みんなに同じこと言ってる。結衣さんは誰にでも優しいもん。だからみんな、結衣さんのこと好きになっちゃうんですよ」

信じきれない。結衣さんが他の子にどういう接し方をしているのかなんて、私は見たことがないから、全部想像の話でしかないけれど。でも、結衣さんはそれをあっさりと否定した。

「それは違うよ。かなたは勘違いしてる。みんな、私の指が好きなだけ」

直接的な表現に、ズキンと心臓が痛む。

結衣さんはめんどくさい子とは遊ばない。でもそれは、結衣さんが、暗に「私と遊びたいなら面倒は言うな」と圧をかけているだけで、彼女たちの本音がどうかなんて、知ろうとしていないだけじゃないいんだろうか。

そうじゃなかったら、結衣さんがお誕生日に持ち帰ってきたあの、歴史ドラマのブルーレイセットの山に説明がつかない。

——あの日、不思議そうに首を傾《かし》げていたところを見ると、多分、それが律さんの策略だということについては、まだ知らないんだと思うけど。

「……矛盾してませんか？ 私のことが好きなのに、どうして他の子とセックスしてるの」

「いや、本当に最近はあんまり……」

あんまり、ってことはやっぱり、ゼロではないんだ。

そりゃあ私たちは恋人同士じゃないし、私は彼女の欲求に応えていないのだから、その欲が他に向いたところで私にそれを責める権利なんてない。

「結衣さんって、不誠実ですよね。もし……私が結衣さんのこと好きになっちゃったら、責任、取ってくれるんですか？」

責めるように唇を尖《とが》らせて言えば、結衣さんがぱちぱちと何度か瞬《まばた》きを繰り返した。

「責任……かぁ。どうかなぁ、結婚できるわけでもないし……子供だって作れないし……。うーん、難しいよね」

結婚、子供、それが結衣さんにとっての「責任」なのか。そんなことを言ったら、今の日本では絶対に無理じゃないかと思う。

異性間では紙切れ一枚で容易に成立する関係性を、同性間ではどう足掻《あが》いても手に入れることは難しい。

「……結婚とか、子供とか、そんなに先のことまで考えるんですか、結衣さんは」

「そんなに先のことでもないよ。今のかなたには、わからないかもしれないけど」

「……結衣さんが恋人を作らない理由って、それ？」

恐る恐る聞くと、結衣さんがふっと笑った。正解とも不正解とも取れる笑み。

「まあ、それだけが理由ってわけじゃないんだけど……。どんなに好きでも、私には絶対にあげられないものもある。付き合ったって別れが確定してる以上、相手を傷付けるだけだから、恋人は作らない」

きっぱりと言い切った結衣さんの意志は私が思っていたよりもずっと固そうだ。

「だから……責任は取れないし、約束もできないけど……それでも私はかなたのことが好きだよ。それじゃだめ？」

優しい手が私の頬を愛おしそうに撫でる。こんなに愛情深い人なのに、なぜそんなにかたくななんだろう。

私のお父さんが、雪哉《ゆきや》さんはお父さんに似て頑固だって言ってたけど、結衣さんも、負けず劣らず頑固だと思う。

「私は……好きってだけじゃ、やだ。足りない。好きな人なら全部独占したいし、ちゃんと約束したいです。他の子に目を向けないで私だけを好きでいて欲しい」

ねえ、結衣さん。あなたに言っているんですよ。じっとその目を見つめて思いの丈をぶつける。わかっているんだかいないんだか、私を見つめていた瞳が優しく細められた。

「ふふ……」

堪《こら》えきれずに結衣さんが笑う。

「……今、めんどくさいって思ったでしょ」

「んーん、かわいいよ。かなたの恋人になる人は、本当に幸せだね」

どうして別の誰かと私の未来を想像するんだろう。私のこと好きなんじゃないの？　それならどうして、結衣さんは私との未来を思い描けないんだろう。

「結衣さんは……私のこと好きだって言うくせに、恋人になりたいとは思わないんですね。別れるかどうかなんて、試してみないとわからないのに」

「……そうだなぁ、かなたが、恋人にしてっておねだりしてくれたら、考えてあげる」

「なんで私がお願いする方なんですか……」

あなたが私を好きだと言うんだから、それは絶対にあなたから言うべきだ。腹が立って結衣さんのお腹に軽くパンチすると、結衣さんが笑った。

「ほら、もう寝よ。明日も早いから。黒たまご食べに行くんでしょ」

「そうやっていっつも誤魔化すんですね。結衣さんのそういうとこ、きらい」

「嫌いなんて言わないでよ。私はかなたのこと、大好きだよ」

スルスルと、枕と首の間に差し込まれる腕。肩まで回ったと思ったら抱き寄せられて、その腕の中にすっぽりと収まる。

腕枕、してくれるんだ。図らずもキュンとする。いい匂いに包まれて、目を瞑《つぶ》った。もう、いいや。あったかくて気持ちいいし、今日は誤魔化されてあげよう。私を好きだと言うくせに、私のものにならないあなたが、本当に憎らしくて仕方ない。

「……ずるくて、ごめんね。いつかちゃんと話すから。もう少しだけ、このままでいさせて」

耳元で囁《ささや》く声はいつになく弱々しくて、いつもの結衣さんらしくなかった。そんな彼女の弱いところを知る度に、私は何も言えなくなる。結衣さんは、本当は見かけよりも強くないって、知ってしまったから。

結衣さんがまだ私に言えない何かがあるんだとしても、今は、それでもいい。私はきっと、あなたのそういうところに、恋をした。

◇◇◇

結衣さんとの初めての旅行は、色んな意味で忘れられない経験になった。

今回の旅で、わかったことがある。

特別な人と共有する景色はとても素敵で強く印象に残るということ。抱擁一つで天にも昇る気持ちになれるということ。そして、そう思うのは、私が彼女を好きだから、ということ。

本当は気付いてた。ずっと知らないふりをしていただけで。でももう、自分の気持ちを誤魔化すことはできない。一度認めてしまったら、肩の荷が下りたように、楽になった。

モヤモヤするのも、ムカムカするのも、全部全部、私が結衣さんを好きだから。甘くてほろ苦い、ビターチョコみたいな恋だと思った。


旅行から帰ってきた翌日。お土産買ってきましたよと律さんに連絡を入れたら、彼女はバイト先に受け取りに来てくれた。

「はい、これ、お土産です」

ケーキを頬張る彼女に、他のお客さんに気付かれないようこっそりとカウンターの下に忍ばせておいた例の箱根のお土産を手渡す。

「おっ、ありがとー！　やっぱり結衣じゃなくてかなたちゃんに頼んで正解だったわぁ」

「日持ちしないので、食べ切れる量しか買ってきませんでした。食べすぎもよくないですよ」

「ご利益《りやく》があるものは、いくらいただいたっていいのよ。田舎のばーちゃんが言ってたから、間違いない」

にかっと笑ってそう言う律さんに、私も自然に笑顔になる。律さんはすっかり私のバイト先の喫茶店を気に入ってくれて、よく顔を出してくれるようになった。

多分、私の知り合いの中では一番の常連さんなんじゃないかな。結衣さんはほぼお迎えに来てもらってばかりで、店の中には入らないし。

「それで？　どうだった、箱根は」

「楽しかったですよ。温泉もよかったし、大涌谷《おおわくだに》もすごかったです。登山電車ってすごいんですよ。山の斜面を登るために、こんな風に何度もスイッチバックするんです」

ハンドジェスチャーで、行ったり来たりを説明するも、律さんはきょとんと首を傾げた。

「スイッチバック？　何それ」

律さんは、どうやらあまり鉄道に興味はないらしい。もちろん私も詳しいわけじゃなくて、結衣さんが教えてくれたから覚えただけなんだけど。

「……とにかく、今度、悠里と行ってきてください。すごくよかったので」

説明を放棄すると、それいいかも、と律さんが笑った。

「それでさ。ずっと気になってたんだけど、夜はどうだった？」

「夜、ですか？」

唐突にそんなことを聞かれて、首を傾げた。

「やっぱり噂《うわさ》通り、うまかった？　あいつ」

「い、一応聞きますけど、うまいって何が……」

「いやだから、セック……」

「り、律さん！　何言ってるんですか、そんなの、知りませんよ！」

顔を真っ赤にして首を左右に振る。すると律さんが、にんまりと笑って自分の首らへんを指差した。

「嘘《うそ》だぁ。だって、見えてるよ」

「えっ！」

キスマークを指摘されたと勘付いて慌てて首元を押さえる。コンシーラーで隠したはずなのに、襟に擦《こす》れて取れてしまったんだろうか。どうしよう。すると律さんがケタケタと笑った。

「やっぱりしてんじゃん。付けられちゃったの？　キスマーク」

そこで初めてカマをかけられたということに気付く。

「違うんです、これは結衣さんの悪戯《いたずら》で、本当に何も……何もしてないですって！」

「嘘ぉ……え、本当に何もされなかったの？　一晩同じ部屋にいたのに？　あの結衣が手を出さないってこと、あり得るの？」

何もされなかったわけではない。なんなら色々とされかけた。あの時、私が明確にダメだと言わなければ多分、違った朝を迎えることになっていたかもしれない。

でも、今ちょっと聞き捨てならないことを聞いた。

「あの、ところで、噂通りうまい、って……女の子たちがそう言ってたんですか？」

メラメラと胸の奥に燃え上がる嫉妬の炎を悟られないように、じっと律さんを見つめる。

「あー……、いや、ごめん。失言だった、今の忘れて」

わかりやすく視線を泳がせる律さんに、少しだけムッとする。どこまで行ってもこの人は、なんだかんだ言って結衣さんの味方なんだよなあ。

「いいですよ、別に。結衣さんがそういう人だって、知ってますから。恋人も作らないで、女の子誑《たぶら》かして遊んでる、女癖最悪な人だって」

その欠点を有り余る魅力で補ってるのが結衣さんのすごいところなんだけど。

「あー……まあ、そうだけどさ。最近の結衣って結構、頑張ってると思うよ？　前に比べたら本当に落ち着いたもん。全部、かなたちゃんのためなんじゃないかなって思うんだよね」

「でも、たまにつまみ食いしてません？」

指摘すると、律さんが気まずそうに頬を掻《か》いた。ほら、やっぱりね。一緒に飲み歩いてる律さんが、そのことを知らないわけがない。

「んー……でも、嫌ならはっきり言った方がいいと思うよ。今の結衣なら多分、かなたちゃんの言うことなら聞いてくれるんじゃない？」

「別に、嫌だとは……言ってません」

嫌だけど。言いたいけど。それを言う権利なんてないってことぐらいわかってる。

そういうところまで丸ごと愛せるくらい心の広い人ならいいのかもしれないけど、私はまだそこまで人間が出来上がっていない。

いつかちゃんと話す、と言ってくれたその言葉に嘘はないと信じたい。だから、結衣さんがそう言う以上、私からプレッシャーをかけることだけはしたくなかった。

めんどくさいな、と思われたくない。せっかく好きだと自覚したのに、嫌われたくない。

ただ、我慢できない私の性格上、もし次に他の女性の影に勘付いてしまったら、結衣さんを思い切り責めない自信なんてないけど。

「健気《けなげ》ねぇ、ほんと」

ため息と共に、律さんが言う。健気かどうかはわからないけど、これが今の私にできる精一杯だと思った。

閉店業務を終えて、裏口から店を出る。だいぶ肌寒くなってきた。もう冬は目前に迫っている。こうやって四季は巡って、季節なんてあっという間に過ぎ去っていく。

今日は結衣さんがお迎えに来られないから、一人で帰らないと。コートの襟を寄せて、駅まで歩き出す。

「青澤！」

後ろから声をかけられて振り向くと、早川くんが私の手を摑《つか》んだ。

「今日、先輩お迎え来ないの？　家まで送るよ」

嬉《うれ》しそうに笑う早川くんに、ずきんと胸が痛んだ。こんなことなら、結衣さんに言われた通り、もっと早く断ればよかったな。

もう冬になろうとしている。こうして曖昧にして彼の時間を奪い続けるのは、きっと本当の優しさではない。

「……駅までで、いいですよ」

何かを察したのか、早川くんの表情がこわばった。

好意を拒絶されるのは怖い。その気持ちは、今ならわかる。そして私が彼に今までどれだけ残酷なことをしてきたのかも、今だったら理解できる。

「早川くんに、言わないといけないことがあって」

「え、うん……何？」

二人連れ立って駅まで歩く道のり。行き交う車のライトが不安そうな彼の横顔を何度も照らしては、消えていく。

「早川くんは……まだ私のこと、好きですか？」

ストレートに聞けば、彼がごくりと息を呑《の》んだのがわかった。

「……うん、好きだよ」

「……そうですか」

返ってきた言葉に、落胆する。もう好きじゃないと言ってくれたら、どれだけよかったか。

「告白の返事、まだいいって言ってましたよね。でも、黙っているのもよくないと思って」

　駅の明かりが見えてきたところで、早川くんの足が止まった。私も彼を振り返る。

「それ、聞かなきゃダメかな」

「聞いてください」

「そっか……。そうだよな、青澤、かわいいもん。彼氏ぐらい、すぐに……」

　そう言われて左右に首を振る。

「彼氏はいません。でも……好きな人がいるんです。だから、早川くんの気持ちには応えられません」

　あぁ、つらいな、と思う。小さくなる早川くんの姿が自分に重なって苦しくなる。恋ってつらい。想《おも》いが通じ合えば幸せだけど、そうじゃなければこんなにも心を抉《えぐ》る刃《やいば》になる。

「……青澤の好きな人って、どんな人？」

「すごく優しくて、でもちょっとずるい人、です」

　言えば、早川くんが自嘲気味に笑った。

「なんで、付き合わないの？」

「……相手が恋人を作る気がないからです」

「なんで、そんな人が好きなの？　俺の方がずっと、大事にするのに……」

私に向き直って、責めるように彼は言う。

どうかな、早川くんも確かに大事にしてくれるだろうけど、結衣さんを超えるのってなかなか難しいと思うけど。

「なんででしょうね。……でも好きなんです。どうしようもないくらい。理屈じゃないんです」

はっきり言い切れば、早川くんが悔しそうに唇を嚙《か》み締《し》めた。

「……そっか、わかった。伝えてくれて、ありがとう」

早川くんはいい人だ。もしも結衣さんに出会わなければきっと、彼と付き合う未来もあったかもしれない。

でも、私は結衣さんに出会ってしまった。

今まで私が恋だと思っていたものは偽物《にせもの》だったと思うくらい、胸を焦がす強い感情を知ってしまったから。もう、後には戻れない。

泥沼だって構わない。たとえそれが泣いて喚《わめ》いて傷だらけになるような恋だとしても。

早川くんとは、駅で別れた。電車に揺られて二駅、家に向かう。

なぜかすごく結衣さんに会いたくなった。初めて「好きだ」と口にしたせいか、気持ちがどんどん加速していく。

まだ帰ってきていないだろうけど、それでも確かに家に帰ってきてくれるなら、私はいつまでだって彼女を待っていられる。

ソファでごろごろしながら結衣さんの帰りを待っていると、玄関の扉が開く音が聞こえた。

リビングのドアを開けた彼女に飛んでいって抱きつくと、大好きな甘い香水の匂いが胸をくすぐった。

「結衣さん、おかえりなさい」

「ただいま、かなた。どうしたの、今日はお出迎えしてくれるんだ」

嬉しそうに結衣さんが笑う。瞼《まぶた》に、頬に、順に唇を寄せられて私は彼女をギュッと抱きしめた。

「お迎えに行けなくてごめんね」

ううん、と首を振る。キスして欲しくてじっとその唇を見つめると、結衣さんがふっと笑って私の顔を覗《のぞ》き込む。

「なんか今日、甘えん坊だね。何かあった？」

「……何もないのに甘えたら、だめですか？」

私だって、色々あったら甘えたくなる夜だってある。あなたが甘やかしてくれるから、私はその優しさに依存してしまったみたい。

「……ううん、だめじゃない。いっぱい甘えていいよ。何か飲みたい？　なんでも作ってあげる」

「……ホットミルクがいい。はちみつ入りの。でも、その前に……キスして」

結衣さんが、ちょっとだけびっくりしたように目を見開く。甘えていいって言ったのに、だめだったかなと見つめると、結衣さんが笑って私の顎をとって私の視線を持ち上げた。

深く黒い瞳に真っ直《まっす》ぐに捉えられる。

「……いいよ。どんなキスがお望み？」

そんなこと、言わせるなんて。視線を彷徨《さまよ》わせると、結衣さんがふふ、と笑った。

「なんで、そんなこと聞くんですか。いつも、聞かないで好き勝手にするくせに」

「んー、だって、かなたがして欲しいことをしてあげたいから。教えて欲しいな」

結衣さんって、結構、意地悪だ。優しく唇をなぞる親指。そうされるだけでその先を想像してしまう。彼女とするキスがどれほど気持ちがいいか、私はもう知ってしまったから。

「……結衣さんの、好きにして」

小さな声でそう言えば、結衣さんが吹き出すように笑った。

「わかった、私の好きにする。でも、文句は言わないでね」

ぐいと身体《からだ》を押されて、ソファに押し倒される。のしかかってきた結衣さんが上着を脱いで床にぽいと放り投げるから、心臓がぎゅーっと締め付けられるようだった。

「キスだけ、ですよ？」

「わかってる」

嬉しそうに笑う彼女に、噛み付くように唇を奪われて、私は目を瞑《つぶ》った。首に回した腕を引き寄せると、結衣さんがふっと笑ったのがわかる。

もういいです、これ以上は死んじゃう、と息も絶え絶えに白旗をあげて、私がホットミルクにありつけたのは、それからしばらくしてからのことだった。

秋が終わって冬になれば、きっとまだ知らない結衣さんに会える。

あなたが私だけを想ってくれるなら、私の全てをあげてもいい。私が本気でそう思っているってこと――教えてあげない。今は、まだ。

あとがき

はじめまして、桃田《ももた》ロウと申します。この度は書籍をご購入いただき、ありがとうございます。

一年前、軽い気持ちで「よし、小説でも書いてみようかな〜！」なんて思い至った時は、まさか本を出すなんて貴重な経験をさせていただく機会が巡ってくるとは夢にも思っていませんでした。人生なにがあるかわからないものですね。いやーびっくり。

カクヨム版は本書が発売される頃には完結していると思いますが、書籍として二人の物語をブラッシュアップしてお届けできることを本当に嬉《うれ》しく思います。

あとがきに書きたいこと、本当はもっとたくさんあるのですが、文字数の制限がありますので感謝の気持ちを伝えたい方々に向けてお礼を綴《つづ》らせていただきます。

連載中、応援してくださっていた読者の皆様。コメントを本当にいつも楽しみにしていました。おかげで書き続けることができました。ありがとうございます！

そして二人の素敵なイラストを描いてくださった、塩こうじ先生。かなたと結衣の姿を見た時、二人とも、こんなに可愛《かわい》かったのね～！　と心から感動しました。本当にありがとうございます。

そして担当編集のN様。本作を見つけてお声がけくださったこと、また書籍化作業に伴い、ど素人《しろうと》の私にわかりやすくご丁寧に教えてくださったこと心より感謝申し上げます。打ち合わせで無駄話ばかりしてすみませんでした。でもお陰でとても楽しく作業ができました！　本当にありがとうございます。

二巻を出せるかどうかはわかりませんが、本書をご購入くださった皆様に二人の物語の続きを届けられたらいいなあと願っております。一人でも多くの百合《ゆり》好きの方や、同性を愛する方々にこの物語が届きますように！

それでは最後になりますが、オマケのエピソードを書きましたので、ぜひお楽しみいただけたら何よりです。

桃田ロウ

番外編　今日は、夜更かししよ

女遊びがバレた。それも、ルームシェアしている二つ年下の後輩に。でも、私の素行不良の噂《うわさ》が、同じ学部の新入生である彼女の耳に今まで届かなかったのは、ある意味で幸運だったのかもしれない。でも、きっと、多分、時間の問題だった。

私の前をとぼとぼと歩くかなたの、長い栗色《くりいろ》の髪が夜風に揺れる。駅までの道のりは遠く、春といってもまだ少し空気は冷えていた。歩く度に、フレアスカートからちらちらと覗く白い足に、目線が釘付《くぎづ》けになる。

「……怒ってる？」

後ろからそう声をかけると、かなたがぴたりと足を止めて私を振り返った。色素が薄いブラウンの瞳が困ったように、そしてほんの少しの非難の色をのせて、私を見つめている。風に靡《なび》いて優しく頰に掛かる髪を耳にかけた後、かなたはその重たい口を開いた。

「怒っていません。戸惑っているんです」

「黙ってて、ごめん。ルームメイトが同性愛者だって知ったら、怖がると思って」

彼女とは一ヶ月生活を共にしただけの間柄で、まだ私は、この子のことをよく知らない。父親から彼女とのルームシェアを提案された時、部屋は余っているし、別にいいよと答えた。断る理由なんてなかった。ただ一つ問題があるとすれば、私が同性愛者で、それを彼女は知らなかった、ということだ。

いつかはバレるとは思っていたけれど、でもまさか、それがこんなにすぐだとは、私も正直思っていなかった。

今日は、同じ学部の先輩後輩が集まる交流会という名の飲み会だった。彼女はまだ大学一年生でお酒も飲めないし、真面目そうな印象だったから、絶対にこういう場には来ないと思っていた。それが、誤算だった。

こんなことなら、朝にかなたの予定を聞いておくべきだったし、私の予定も彼女と共有しておくべきだった。私と彼女はまだ、お互いの距離感を測りかねている。

まさか、かなたがこんなところにいるわけがないと思って、かわいい女の子からのお誘いに、安易に乗ってしまったのがよくなかった。たった数時間前の自身の行いを猛省する。居酒屋の人気《ひとけ》のない廊下で、私を待っていた女の子に腕を引かれキスをねだられて、ご要望の通りに唇を寄せた。今夜はこの子と消えてしまおうかな、と気が緩んだ私の視線の先に、目を見開いて見事に固まっているかなたの姿を見つけた時は——全身の、血の気が引いた。弾《はじ》けるように身体を離して女の子に謝ると、逃げるように踵《きびす》を返《かえ》したかなたを、追いかけた。

とっさに摑《つか》んだ彼女の腕はあまりに細く、子供みたいに頼りなかった。私を見つめる瞳は可哀想《かわいそう》なほどに揺れていて、やってしまったと、気付いた時には遅かった。弁解しようにも、現場を押さえられてしまってからではもう、どうしようもない。そのままかなたの手を引いて逃げ帰ったは良《い》いものの、彼女からぽつりぽつりと飛んでくる質問に一つずつ素直に答えていたら、彼女はついに、何も喋《しゃべ》らなくなってしまった。だから、いたたまれなくなって聞くしかなかった。「怒ってる？」って。

「……別に、結衣さんが同性を好きだからって、怖いだなんて思いません。戸惑っているのは、そこじゃないんですよ」

たっぷり間を置いて、かなたはそう言った。じゃあなんでそんな神妙な顔してるの、と問いただしたくなる。正解の見えない押し問答を繰り返すことに、意味なんてない。

無理に私を知って欲しいとか、同性を好きになることを理解して欲しいとは思わない。でも、それが原因でこの子に嫌われてしまうのは、さすがに少し傷つくな、と思った。直感でわかった。動揺した瞳を見た時、この子は、完璧なストレートなんだということが。

「話を整理すると……結衣さんは、不特定多数の女性と、そういう関係にあるってことですよね？」

「まあ、そうなるのかな？」

「不誠実です」

きっぱりと言い切られて、ぐうの音も出なかった。至極真っ当な言葉を豪速球で投げつけられて、胃が痛くなる。反論の余地もなくて、苦笑いするしかない。

なんと答えようか考えあぐねている私の様子に、かなたはハッとして、眉尻を下げた。

「……すみません。やっぱりなんでもないです。あまり他人がそういうのに口出しすべきじゃないですよね」

「いや、最初に言うべきだったよね。ごめん」

私が同性愛者だということを伝えてから、彼女がどうするかは彼女が決めるべきことで、黙っているのは得策ではなかった。私が夜遊びをやめる気がない限り、いずれはバレることだから。

「……どうして、謝るんですか？」

「だって、知ってたら、同居しようなんて思わなかったでしょ？」

「いえ、それとこれとは別問題です」

別問題、か。そう言われて少しだけほっとした。驚いてはいるようだけれど、かなたは、頭ごなしに拒絶するタイプの子ではなかったようだ。

「……女性だったら誰彼構わず手を出すってわけじゃないから、安心して。黙っててごめんね」

気休めにしかならないかもしれないけど、言わないよりはましかもしれない。そう思って伝えた言葉を彼女がどう捉えたのかはわからない。ただ、かなたはきゅっとその眉を寄せて、小さく、「そうですか」とため息をついた。

「……置いてきて、よかったんですか？」

「え？」

「さっきキスしてた子。結衣さんって……ああいうタイプが、好きなんですね」

じとりと目を細めて私を睨《にら》みつけた後、かなたは再び前を向いて歩き出した。つられて、私も歩き出す。

「いや……好みとか、そういうわけじゃないけど」

「ふーん……。別にいいですよ、戻っても。私、一人で帰れますから」

トゲトゲしい物言いに、やっぱり怒ってるじゃん、と言いたくなる気持ちをぐっと堪《こら》えて、先を行くかなたの隣に並ぶ。

街灯に照らされた彼女の顔を、覗《のぞ》き込む。少しだけ拗《す》ねたように唇を尖《とが》らせたかなたを見て、図らずもかわいいな、と思ってしまった。あぁ、やだな。これから四年間一緒に生活する子に対して、そんな風に思ってしまうなんて。

「そんなこと言わないで。一緒に帰ろ」

それは、胸が締め付けられるような、ほろ苦い春の夜だった。


しっかりしている子なのかなと思っていた。でも、それは単純にかなたが「借りてきた猫」状態だっただけだと気付くのに、そう時間は掛からなかった。

真夜中に、リビングから物音がして目が覚める。不思議に思って自室から出ると、ソファで膝を抱えて小さくなっている彼女を見つけた。今まで見たことがないくらい、あまりにも寂しそうな横顔に、小さく息を呑《の》む。

——もしかして、ホームシック？

それもそうか。親元を離れて一人日本に帰国して、よく知りもしない人との生活なんて、寂しくならないわけがない。

「……眠れないの？」

声をかければ、かなたは、はっとして私を振り返った。視線を彷徨《さまよ》わせて、捨て猫みたいに小さくなっているからかわいくて、思わず笑う。

ずっとひとりでいた私には、今彼女が感じている孤独を正しく理解してあげることはできないかもしれない。でも、私にできることは、してあげたいと思った。せっかく、一緒に暮らしているんだし。

「……ホットミルクでも、飲む？」

眠れない夜には、特効薬がある。大匙《おおさじ》一杯のはちみつを入れたホットミルクを用意して、そのマグカップを手渡した。まだ私が子供の頃、眠れない夜に母親に作ってもらったことを、微《かす》かに覚えている。カップを両手で受け取ったかなたは、「ありがとうございます」と消え入りそうな声で、小さく言った。

ソファの背もたれにかけていたブランケットを引っ張って、かなたの肩にかけてあげる。肩がぴったりとくっつくほどに距離を詰めて座っても、かなたは嫌がらなかった。その心の内側に、少しだけ踏み込むことを許されたことを知る。

「……甘い。はちみつですか？」

「あ、ごめん。苦手だった？」

「いえ、美味《おい》しくて……びっくりしました」

「……もしかして、ずっと眠れてなかったの？」

「毎日なわけじゃないですけど……たまに。寝ようと思えば思うほど、目が冴《さ》えちゃって」

時計の短針は、間も無く夜中の二時を指そうとしていた。眠れなければ眠れないほど、夜は長く感じるものだ。遠い昔に、私もそんな夜を経験したことがある。

「……そういう時は、寝なければいいんだよ。明日《あした》、土曜日だし」

「えっ」

面食らった顔で、かなたが私を見た。

「今日は、夜更《よふ》かししよ。一緒に映画でも観《み》る？」

そう言って、プロジェクターのリモコンを手に取った。天井に備え付けてあるプロジェクターが、少しの起動音を立てたあと、何もない真っ白な壁にぼんやりと映像を浮かび上がらせる。かなたは初めてこの家にプロジェクターがあることを知ったらしく、目を白黒させて驚いていた。

「映画、ですか？　今から？」

目を丸くするかなたがかわいくて、私は笑って彼女の頭を撫《な》でた。滑らかで艶のあるその栗色の髪は柔らかくて、甘いシャンプーの匂いがする。

「眠れないんでしょ？　それならちょうどいいじゃん。二時間、私に付き合ってよ」

押し切るようにそう言えば、かなたは躊躇《ためら》いがちに頷《うなず》いた。時間なんて、気にするから

眠れなくなる。せっかく二人でいるんだし、一人で膝を抱えて夜を越える必要なんてない。眠れない夜は眠れない夜なりに、楽しむ方法はあるはずだ。

動画配信サービスのランキング上位作品を適当に選んで、再生ボタンを押す。映画の中身なんて、なんでもよかった。今隣にいるこの子の寂しさを紛らわせることができるなら、なんだって。

適当に選んだ映画は退屈で、偶然ながら睡眠導入剤としてはぴったりだったらしい。エンディングに辿《たど》り着《つ》くまでもなく、気付いた時には、かなたは眠りに落ちていた。私の肩に寄りかかるあどけない寝顔に薄く笑って、起こさないように慎重にプロジェクターの電源をオフにする。

あくびを噛《か》み殺《ころ》しながら、そっとその細い肩を抱き寄せた。明日は休日だし、今日はこのままソファで寝てしまうのも悪くはない。

私が一人で暮らす殺風景なこの家に、かわいらしい同居人が増えた。大切なものが増えた気がした、大学三年の——春のことだった。

富士見ファンタジア文庫

アフタヌーンティーはいかがですか？

私《わたし》と先輩《カノジョ》の、不純《ふじゅん》で一途《いちず》なふたり暮《ぐ》らし

令和７年３月20日　初版発行

著者——桃田《ももた》ロウ

発行者——山下直久

発　行——株式会社KADOKAWA

〒102-8177

東京都千代田区富士見2-13-3

0570-002-301（ナビダイヤル）

印刷所——株式会社暁印刷

製本所——本間製本株式会社

ISBN978-4-04-075775-9 C0193　◇◇◇

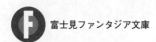

ファンタジア文庫
週に一度クラスメイトを買う話
～ふたりの時間、言い訳の五千円～
羽田宇佐《はねだ・うさ》 イラスト／U35《うみこ》
USA HANEDA

ティナ
四大公爵家の
ひとつ、ハワード家に
生まれた公女殿下。
なぜか誰でも扱える
程度の魔法すら使う
ことができない。
変える
はじめましょう
アレン
公爵令嬢ティナの
家庭教師を務める
ことになった青年。魔法
の知識·制御にかけては
他の追随を許さない
圧倒的な実力の
持ち主。
発売中!

可愛い×2のハートフ
可愛がってね！
アライブ+
で
コミカライズ
！

切り拓け！キミだけの王道
ファンタジア大賞
原稿募集中！
賞金
《大賞》300万円
《金賞》50万円
《銀賞》30万円
選考委員
細音啓「キミと僕の最後の戦場、あるいは世界が始まる聖戦」
橘公司「デート・ア・ライブ」
羊太郎「ロクでなし魔術講師と禁忌教典《アカシックレコード》」
ファンタジア文庫編集長
前期締切 8月末日
後期締切 2月末日
公式サイトはこちら！ https://www.fantasiataisho.com/
イラスト／つなこ、猫鍋蒼、三嶋くろね